ぬるい毒

実家の電話にいまどきかけて来る人間なんて珍しかった。どこにいるのか携帯を振ってるんじゃないかと思うくらいの雑音が混じってうまく聞き取れなかったので、私は受話器に耳を当て直しながら、もう一度名前を聞き返した。

向伊《むかい》です。熊田《くまだ》さん、どうも。お久しぶりです。

男の声に聞き覚えはなかった。それなのにあまり深く考えずに「お久しぶりです」と返事してしまったのは、相手がそれだけ馴《な》れ馴《な》れしかったから。このとき、もしはっきり「知らない」と電話を切っていれば、向伊は私に興味を持たなかったんだろうか。別に出なくてもいい電話だった。

思い出せない男に、お久しぶりです、と言い返す前に、私の喉《のど》は少しひくついた。ひくつきながら、寝ていたところを起こされたからだと思った。目も唇も、粘膜は昔から弱くて、起きたときはいつも喉が渇いている。だからベッドの脇《わき》には小さなペットボトルを用意しているのに、今日は疲れて夕食後すぐ、空のまま一眠りしてしまったのだ。しゃがれた声を持て余したまま、私は相手の言葉を待った。廊下の先の居間からは母と祖母が観《み》ているテレビの音が薄く洩《も》れている。子機で出ればよかったと思った。

「もうずいぶん経《た》っちゃってるけど……高校の時に借りたものを返したいんですよ」

申し訳なさそうに男は言った。彼が誰なのか、どうしたらそのことを本人に悟られずに突き止められるかを探っていた私は、この言葉でとりあえず高校の同級生だろうと見当をつけた。共学だった。でも三年間、特に親しくしていた男子は思い当たらない。それでも何かのタイミングでやり取りがあった可能性はあるので、私は、ああー、うんうんうん、と明るい声でごまかした。低い音から無理やり後半に向かって上げていく感じを気付かれないようにしながら。

「私、何を貸しました？」

モノだけが思い出せないふりをして訊《たず》ねた。向伊はすかさず「やっぱり覚えてない？　じゃあそれは会ってから直接渡しますよ」と敬語とタメ口の中間のような、独特な口調を使った。

　同級生だとすればいまは十九歳だけど、声の絶妙な硬さと柔らかさの使い分け方から、不細工な人間のはずがなかった。自分に魅力があると確信している人間だと直感した。余裕があるのだ。人が自分の話を聞いてくれるという。

「もしよければ、いまから出て来られませんかね。たまたま熊田さんの家の結構近くまで来てるんで。あ、知り合いが熊田さんの近所に住んでて、それで思い出したんです。ちゃんと言ったほうが早いですかね。借りたのって、お金なんですよ。卒業してからもずっと気になってて、」

　私の警戒を解こうとしているのか、巧みな間の埋め方で向伊は説明した。言葉が多いだけで意味がよく分からなかったにもかかわらず、丁寧な人間だという印象を何故《なぜ》か持った。

「お金って、いくらでしたっけ」と私は訊《き》いた。廊下に顔を出した祖母が居間の戸を閉めようとしている。

「たぶん、五千円くらいだったと思うんですよね」

五千円。高校生の時に五千円、って、かなり大金ですよね。口の中で呟《つぶや》いたつもりだったのに、聞こえてしまったらしく、

「高校の時に五千円って高すぎますよね」と向伊は同じことを繰り返した。「正直いくらだったか僕もはっきり覚えてないんですよね。三千円くらいかもしれません。二千円かも」

少し黙ったあと、本当に私が貸したんですかね、と尋ねてみた。

向伊が低く唸《うな》るような声を出した。動物みたいに。それから言うか言うまいか迷った雰囲気で「実はそのとき熊田さんの名前で一筆もらったんですよ。〈私は向伊くんにお金を貸しました〉って……名前がちゃんとこの紙に書いてあるんですよねえ」と言った。軽く息を吸ったのが分かったので、向伊が手元の何かを見ながら首を傾《かし》げる様子が頭に浮かんだ。

「紙、持ってるんですか。私の名前が書いてあるんですか？　そこに？」

「うーん、あるんですよね……。熊田さん、熊田、由理であってますよね？　あ、呼び捨てしてすいません。馴れ馴れしいですよね」

それはいいんですけど、と私は答えた。男にフルネームで呼ばれただけで心臓の

鼓動が一音、高くなったのが分かった。顔すらも思い出せない男の声だけで。私は胸の音を鎮《しず》めようと、息を吸った。それから自分に言い聞かせた。勝手に女性ホルモンを出すんじゃない、あばずれ。

「でもそこまで熊田さんがなんにも覚えてないなら、間違いの可能性ありますよね。本人なら普通ちょっとくらい覚えてますもんね」

これから言おうとしていたことを言われて、自分の心の汚さを指摘されたのかと思った。向伊は気を遣っただけかもしれない。どちらかというと私も普段から気を遣い続けているほうの人間なので居心地の悪さを感じ、もし本当に署名していたとしたらどれだけ失礼な女なのだろうという不安が、髪の毛を焦《こ》がすような速さで頭の上をよぎった。

「別に熊田さんは五千円なんてどうでもいいですよね」と言われ、金銭を受け取る姿勢が少しもないことを嫌味に受け取られただろうかと焦《あせ》ったが、向伊は素直に感心しているみたいだった。このまま悪い印象を与えないで、できれば電話を切りたい。迷っていると、向伊から切り出された。

「でも一応これが本当に熊田さんの字じゃないか確かめてもらうわけにはいかない

ですかね。僕、こういうのって気になるんですよね、後までずっと」

向伊は躊躇《ためら》いがちに訊ねてきた。声音からあくまで失礼には当たらないように努めているのが伝わって、そんな些細《ささい》なことすらも嫌だ、とはさすがに言えなかった。それに書いてないはずの私の名前が気になる気持ちは分かる。「いいですよそれくらいなら全然」。愛想のいい言葉が、口から出た。この愛想のよさのせいで、男に媚《こ》びている、と短大で噂《うわさ》されていることも知っていた。でも私は意識しているわけじゃなかった。これが媚びているというのなら、体が勝手にそうさせるのだった。

お礼を言った向伊はどこかで待ち合わせをしますかと提案してきたが、顔も思い出せない男の人に携帯のアドレスを教えるのは怖かったし、私の家をすでに知っているなら、と一時間後に門の前に来てもらうことにした。

向伊は了承した。


車から降りて近寄って来る彼を見たとき、衝撃で私は混乱した。周りの誰とも向伊は違った。

想像よりもずっと、魅力の塊のような男だった。それも万人に伝わるような、分かりやすい魅力ではなかった。ピアノの白い鍵盤《けんばん》ではなく、黒鍵だけを踏んでいるような足取りだった。腐りかけた人間を思わせる少し丸まった姿勢だった。長いくせ毛の黒髪が溶けるように周囲に馴染《なじ》んで、身のこなしはだらしないのに目つきだけは心に突き刺さるように鋭い気がする。〈カリスマ〉という空気の層が、向伊の周りをヒトガタに囲んで一緒に動いているのかと思った。

私は目を彼から剝《は》がすように、門の〝熊田〟という表札に注いだ。自分の視線に重さがあるなんて初めて知った。体重を分散させたくてとっさに門に寄りかかると、コートの布地を易々《やすやす》と突き破って石の角が体に食い込んだ。向伊が道路の向こう側からやって来る短い時間さえ、静止していられなかった。目をそらしたものの、いつから視界に入ったことにすればいいのか分からない。あと三歩こっちへ来たら、と数えようとしていると、向伊が小走りで近づいた。

「熊田さん、きれいじゃないですか。スッピンなんですか」

向伊の第一声だった。その膝《ひざ》の裏から叩《たた》き崩されるような俗っぽい内容に、この人の敬語は自分と同じ偽《いつわ》りの敬語のような気がしてならなかった。それでも生で聞く向伊の声は、電話よりもさらに肌理《きめ》があった。鳥肌が立った。

スッピンじゃないですけど、と返事した私の声は、ただの醜い音の塊だった。上擦って地声より高いことが最悪だった。自分が無意識のうちに向伊に女として見てもらおうとしているのだと気付いて、恥ずかしさがこみ上げた。

「なんか雰囲気変わりましたね、熊田さん。肌とかすごいきれいじゃないですか。え、もしかしてお風呂《ふろ》上がりでした？」

私は俯《うつむ》くしかなかった。濡《ぬ》れた髪を乾かし切らなかった自分に急にやましさを感じた。こんなふうに言われたいがために、名前すら覚えてない同級生と会ったのかもしれない。私があれからどれだけ変わったか知ってもらいたくて。コートの前をはだけさせているのを気付かれないうちにさりげなく自分の体を抱きしめた。寒さを装《よそお》いながら。向伊のことはまだ思い出せなかった。そのことに気付かれてしまうという焦りも、私を一層おどおどさせた。

「いきなり実家に電話とか、怪しすぎますよね。ちょっと卒業アルバムしか手がかりがなかったんで、」

卒業アルバムという言葉を聞いた瞬間、体を隠したのも忘れていまの垢抜《あかぬ》けた私をどうしても見てほしくなった。同じクラスでした？　何年のとき？　あの頃の自分には絶対にできない、首を傾け顔を覗《のぞ》き込むような仕草をすると、覚えてないんですか、と呟く向伊と初めて目が合った。

歪《ゆが》めば歪むほど人を魅了しそうな表情だった。玄関前の小さな庭を照らすための照明しかないせいで、顔半分は影に覆《おお》われていたが、そのことで安心してしまうくらい私は向伊に飲み込まれかけた。ほとんど祈る気持ちで顔の欠点を探した。どんな些細なことでもよかった。目でも鼻でも口でも。やっとのことで顔色の悪さに辿《たど》り着いてほっとしかけたあと、激しい爆発が私を襲った。欠点さえ魅力として完璧《かんぺき》に存在する人間に出会った衝撃だった。

「もしかして僕のこと自体、覚えてないですか」

もうごまかすことは不可能だった。すみません、と私は謝りながら、これだけの人間をなぜ覚えていないのか自分でも説明がつかなかった。するとそれを見透かしたように、実は熊田さんとは学年は同じなんですけど学校が違うんですよ、と向伊が打ち明けた。私は思わず「それじゃ高校の同級生っていう話は、嘘《うそ》じゃないですか」とこぼしてしまった。向伊は「嘘じゃないです。高校のときに借りたものを返したいって言っただけですから」と焦って訂正すると、ジーンズのポケットからくしゃくしゃになった紙を取り出した。

「そこに……私の名前が書いてあるんですか？」

「本当に覚えてないか、ちょっとだけ確認してもらえませんかね」

私はおそるおそる、差し出されたノートの切れ端のようなものを受け取った。向伊は道に停めた車のエンジンを吹かしたままだった。そのことが私の警戒心を少しだけ薄れさせている。元がどれくらいの大きさなのか分からないほど皺《しわ》ができた紙を広げ、目を細めると、同時に玄関の灯りが消えた。私は数歩、門の中へずれた。センサーがそれを感知し、灯りがまた手元まで届いた。

「どうですかね」

向伊が一緒に確認するつもりなのか体を近づけてきた。

「違います、全然私の字じゃないですよこれ」

私は後ずさりしそうになる気持ちを抑えながら、紙を突き返した。一目で分かった。女子高生風というだけで、自分のものとは似ても似つかない文字。まったく見覚えのない他人の筆跡で〈私は向伊君にお金を貸しました。熊田由理〉と書かれているる気持ち悪さは、鏡に映る自分を自分じゃない誰かに思えるまで眺める怖さに似ていた。

「あー、やっぱそうですか。そうですよねぇ」

向伊は納得したように何度も頷《うなず》いた。

「熊田さんが僕にお金貸す必要ないんですもんね」

あの、もしかしていたずらですか。ずっと心の隅に引っかかっていた疑問を唇の外に押し出してみた。さすがにこの男の言っていることはおかしいという気がしてきたのだ。私は停めてある車の中や曲がり角の奥に視線を走らせた。あらゆるものが人影に見えようと思えば見えそうだった。

「私がお金もらおうとするかどうか、からかってます？」と尋ねた。

向伊は慌《あわ》てて「違いますよ。そんなことするわけないじゃないですか」と大きな声を出した。その慌てぶりがあまりに真剣だったので、何かこの人の敏感な部分に触れたような気がして、私はまた「すいません」と謝った。あの私、すぐ人から笑われてるような気がしてしまうんです。自分でも嫌なんですけど……向伊さんはなんにも変じゃないですから。

灯りがまた消えた。センサーを反応させようかどうか迷ったあと、そのままにしておいた。玄関の隣の、居間のカーテンが揺れたような気がする。向伊は大声を出してしまったことを照れているかのように、せわしなく髪の毛の中に何度も手を突っ込み続けた。そうするとまるで人柄がよさそうな青年に見えた。

「いえ、こっちこそすみません。僕も人から疑われることが多くて……本気で話してるのに、いつもなんですよね」

それはあなたの顔がいいからですよとは言わなかった。

「でも本当なんですよ。知らない女子に文化祭でお金借りて、ほんとにその子が熊田さんの名前書いたんですよねぇ」

語尾が伸びることで、声の質よりもずっと俗っぽい口調になっているのだと気づいた。私がそう思ったのとほぼ同時に向伊も意識したらしく、「この喋《しゃべ》り方のせいで誰にも信頼されないんですかね」と顔をうっすらしかめた。やっぱりだった。歪むように笑う向伊の顔は、凹凸ができるほど表情に深みが出る。

じゃあ向伊さん、からかわれたんですかねその子に。今度は声に出して言うと、そうですよね、でもそこでなんで熊田さんの名前が出てくるのか分からないけど、と向伊は首を捻《ひね》った。私にはなんで自分の名前が出されたか分からなくもなかった。

「でも熊田さんもいろいろ苦労してそうですよね。熊田さんくらい可愛《かわい》かったら、みんな妬《ねた》むでしょ。そんなことないですか」

冗談かもしれないと向伊を盗み見たが、向伊は真顔だった。突然すぎて何を言えばいいのか分からず、私はなるべく無表情のまま「そんなことないですよ。誰も妬みませんよ」と答えた。

「気付いてないだけじゃないですか。女はみんな熊田さんのこと、嫌いだと思いますよ」

下卑た褒め方が私の胸を内側から掻《か》きむしった。丸まった背中が段々と本当に向伊が腐っているせいに思えてくる。

「よかったら今度飲みませんか？」

ジーンズのポケットにノートの切れ端をしまいながら向伊に誘われたとき、体の筋肉が一気に緩んだ。向伊のような人間が自分に会いに来た訳の分からなさから、ようやく逃れられた気がした。

「えー、でもまだよく知らないからなあ」

泣き笑いそうになるのを堪《こら》えて答えた。知らない男の目的が携帯の番号を交換したり飲みに行くことだった場合はこう言うと、会う前に決めていた。男を見た目だけで判断するような女だと思われたくなかった。車のほうへ歩きかけていた向伊は背けた私の横顔をじっと見た。

「犬、飼ってるんですか」

　向伊に言われて初めて犬が家の中で鳴いていることに気付いた。そうです、室内犬です、となんとか頷くと、「やっぱり熊田さんは柴犬《しばけん》とか飼わないですよねぇ」と納得されて、そのあとそのまま犬の話題になった。向伊は動物が物体にしか見えなくて悩んでるんですよ、と告白した。動揺が消えなかった私も、あの犬は小さいころ私が友達にもらってきたけど、たまに目ががらんどうで、ただの獣にしか見えない、と誰にも言わなかったことを打ち明けた。

　さっきの飲みに行くやりとりのことは一言も蒸し返されなかった。そろそろ帰ります。数分立ち話をしたあと、丁寧にそう切り出された。

「熊田さんがきれいになってて、ほんとにびっくりしましたよ」

　門の前で、向伊が車の窓を開けて言った。私はエンジンの音に体ごと紛れたつもりで、何も答えず手を振った。見送りながら、心の中で賭《か》けをした。向伊がこちらを振り返るかどうか。来た方向にUターンして、真っすぐ走り去る車の運転席が視界から消えるぎりぎりのところで、私は「こっちを見ない」ほうに賭けた。そのあと、最後まで確かめず家の中に戻った。

向伊から二度目の連絡があった。一年後だった。

再び家の電話が鳴って今度は風呂上がりの父親が出てしまった。「男から」とあからさまに不機嫌に告げられ、居間でテレビを見ていた私は「もしもし?」と子機に耳を当てた。

すると「熊田さん。遅くにごめんね。久しぶり」とやけに慌てた挨拶《あいさつ》が周囲の雑音とともに騒がしく流れ込んできた。生まれてからまだ一度も使われたことのない脳の部分が揺り起こされるような感覚に陥って、次の言葉の前に向伊の存在を思い出し終えていた。声の肌理のことも。物語を感じさせる挨拶の仕方に、込み入った事情を感じた。

「なんですか」

かなり強い不信感を表して尋ねると、向伊は口元が近すぎることに気付いたのかさっきよりは適度な声量で「いまから熊田さんって出て来れませんよね」と口早に訊《き》いた。

「いまからって……だって十時過ぎてますけど、」

壁にかけてある時計をすばやく見上げた。父親はもう居間にはいない。食器を洗っている母親が台所で耳を澄ましているだけだった。

「そうですよねぇ。無理ですよねぇ」

言葉で引き下がるだけで、向伊が電話を切る気配はなかった。自分から喋るのもおかしい気がして沈黙が生まれるのを覚悟したが、周囲で盛り上がっている人間が何人もいるらしく、結局しびれを切らした私が「そこ、どこなんですか」と質問した。ぶっきらぼうな声にならざるを得なかった。一年ぶりの電話でなんの説明もなく呼び出されたのだ。

「正月なんで、またこっちに帰って来てるんですけど。宥《なだ》めるように向伊は答えた。僕、東京の大学に行ってるんです。毎年、正月にだけ帰省してて。

その言葉を聞いて、自分の苛立《いらだ》ちが少し恥ずかしくなった。普段東京にいるのなら連絡が一年なくて当たり前だった。向伊について私は何も知らない。髪が長いからきっと社会人じゃないだろうと想像していただけだ。去年のことも誰にも話さなかった。ごまかすように、そうだったんですか、今日はどうかしたんですか、と優しく聞き直すと、いま高校のときの友達と飲んでるんです、と説明された。

「高校ってどこの高校ですか」思わず確認してしまう。嫌味に聞こえるかもしれない。

「熊田さんと同じ高校のやつらです。奥出とか野村とか、あの辺って熊田さん、覚えてませんよね」

向伊は決めつけるように訊いた。どうせしょうもないグループの人間だったんでと卑下する態度に、一年前の、手を首の後ろに持っていく姿が蘇《よみがえ》った。手を首に添えるだけで謝っているかのような雰囲気を醸《かも》していたが、実際に頭は一度も下げていないのだ。猫背。腐りかけ。向伊のことばかりが思い出されて、奥出と野村という男子については言われた通り、まったく思い出せなかった。

「去年、僕が熊田さんに会いに行ったじゃないですか。その話題になっちゃって……二人ともすごく会いたいらしいんですよ」

あのときの話を向伊があっさり飲みの席でしてしまったことに気持ちがざわつき

ながら、私は「これから行っても全然テンション違いそうだから、また今度誘って下さい」となるべく感じが悪くならない言い方で断った。向伊は少しのあいだ黙って、「じゃあ熊田さん、一言だけ」と会話を繋《つな》げた。

「え？　一言？」

「ええ、一言だけ熊田さんの口から、私もうださくないんです、みたいなこと言ってくれませんか」

驚いて何も言えなかった。

「いま、奥出くんにかわりますから」

向伊の語尾が遠のき、携帯が本当に渡される気配を感じ取った。わけが分からないまま「ちょっと待って下さい。もうださくないですってどういうことですか」と叫ぶとかろうじて声が届いたのか、相手はまだ向伊のままだった。

「ほんとごめんね。なんか熊田さんがすごい垢抜けてたって話になったんだけど、あんまり信じてもらえなかったんですよね。どこがって言われてもそういうのって空気みたいなものじゃないですか。だから説明しづらくて……」

責任と憤慨をどちらも感じている人間の口ぶりだった。

熊田さん、顔といじってないですよね？　と向伊に確認された。顔をいじる、の意味が一瞬分からなかった。電話の向こうから「熊田さーん。熊田さーん」と名前を叫ぶ知らない人間の声がいまにも耳に這《は》い上がってくる気がして、我に返った私は「いじってないですし、そんなこと言いたくありませんよ」と慌てて返すと、向伊は「そうですよね。僕もそう思ったんですけど……このままじゃ熊田さんが誤解されちゃうんじゃないかと思って、」とおとなしく引き下がった。

変な噂《うわさ》だけは怖いからやめてください、田舎だし。頼み込む私に、なんとかしてみますと向伊は曖昧《あいまい》な返事をするだけだった。

電話を切ったあとも、ずっと落ち着かなかった。

四十分後にもう一度かかってきた電話で、向伊は地元の人間なら誰でも知っている居酒屋の名前を出した。私も短大の子と何度か行ったことのあるチェーン店で、国道沿いで家からそれほどかからない。

靴を脱ぐ店だったと思い出した。自動ドアを通った瞬間に。車で送ってくれた母親にいますぐ連絡して、家に戻って別の服に着替えようかと考えたが、店員に「下足箱にお履きものをどうぞ」と声をかけられてしまい、膝《ひざ》までのブーツを脱がなければならなかった。

調子の悪いブーツのジッパーがかまないように気をつけながら、これで服の全体のバランスが大きく崩れてしまう、と気持ちが暗くなるのを堪えられなかった。あんなに時間をかけたのに。これじゃ上半身とのボリューム感がおかしい。足も七センチは短くなる。電話からすでに一時間は経過しているし、このまま行かなくても大丈夫なんじゃないかという考えがどんどん大きくなった。酔っ払って、私と話したことすら忘れているかもしれない。そもそも私の顔だって覚えていないかもしれない。もしそんな状態だったらそのまま通り過ぎることもできるだろうか。

店員に向伊の名前を告げて、低い仕切りだけで細かく区切られたテーブルに案内される途中、騒いでいるグループを発見するたび「あれじゃありませんように」と祈った。

居酒屋の廊下は店員が酔っ払いを転倒死させるため、ここまで磨くに違いなかった。足の裏を床に貼《は》りつけるような気持ちで歩いて、盛り上がっている集団とは逆のほうに何度も顔をそむけた。

窓に自分の輪郭が映っているのを利用して、すばやく髪の毛を整えていると、本当にこの髪型でよかったかどうか不安がこみ上げてきた。華やかに見えるように毛先を巻こうか迷って、アイロンをあてる直前で気が変わったのだ。まっすぐ伸ばして、明るめの茶色に艶《つや》が出るようにした。気合いが入りすぎていると思われない程度。伸びかけていた前髪も一ミリか二ミリ、おそるおそるハサミを入れた。前髪の上《うわ》っ面《つら》だけ別にすくって、その中側だけを短く切った。こうしておけばもし悲惨なことになっても、蓋《ふた》をするように上っ面を被《かぶ》せてしまえばいいから。ショートパンツを思い切って穿《は》くことにしたのは、向伊と初めて会ったとき太ももを出していたから。足を出すことを期待されているはずだった。そんなに可愛くて妬まれないですか、という言葉を覚えているのも緊張している原因だった。薄暗い外だった、あのときは。

彼らは広い店の一番奥にいた。店員の後ろにいた私に気付いた向伊は「熊田さん」と手を上げた。四人掛けのテーブルの、向伊だけが私のほうを向いている位置で、あとの二人は仕切りの向こうに蠢《うごめ》く後頭部が見えた。

泥酔《でいすい》している雰囲気でもなかったのでほっとするのと同時に、「ごまかせないんだな」と諦《あきら》めにも似た気持ちが湧《わ》いた。

馬鹿馬鹿《ばかばか》しいと分かっていたけれど、なるべく自分が垢抜《あかぬ》けて見えるようにしてきたつもりだった。挨拶したら、まず顔に点数を付けられる。それから服のセンスについて検討される。緊張で表情が引きつらないように体から力を抜きつつ、スタイルをよく見せるために背筋を伸ばすのは難しかった。それでもまっすぐ歩いた。高校の自信のない頃とは、すべてが違うみたいに。

あ、私、レモンサワーで。戻ろうとしていた店員と入れ違いながら注文した。店員がオーダーを端末に打ち込み終わらないうちに「みなさんもお酒大丈夫ですか」と空になりかけのグラスを指して、お代わりを促した。そのほうが顔をまじまじと眺められなくて済むんじゃないかと思ったからだった。一人が「じゃあこれと同じもので」とグラスに手で蓋をし、もう一人が「僕は……」とメニューを広げ出した隙《すき》に、私は向伊の隣に腰を下ろした。

「お久しぶりです」

パンツの裾《すそ》が食い込んで太ももが出過ぎてしまって座り直しながら、すいません遅くなって、と支度に時間がかかったことを悟られないようにさりげなく謝ると、向伊に「こっちこそほんとごめんね。最悪だよね、こんな時間に呼び出されて」と恐縮された。

まだ太ももの出方が気になってしょうがなかったので動き続けながら、母親に送ってもらってそのせいで少し時間がかかったと告げる私に、帰りは僕が送るんで、お母さんいいですよ、寝てもらって、と気遣う向伊の腰の低さは相変わらずだった。

「近いから大丈夫ですよ」

私は丁重に断った。そんなに長居をするつもりはなかった。視線を泳がせると、テーブルには空のジョッキや食べ終わった料理の皿が散らばっていて、席全体を覆《おお》っている煙草《たばこ》の煙が私の目の粘膜にこびり付くのが分かった。向伊は運転する役らしく、一人だけソフトドリンクだった。

「え、熊田さん？　本当に熊田さんですか？」

メニューを戻した男が、正面から声を掛けてきた。

「そうです」

「えぇ、すごいじゃん。すごいすごい。きれい。高校のときより全然きれいですよ。どうしたんですか」

酔っていそうな男を曖昧にはぐらかし、「紹介してもらってもいいですか？」と小声で頼むと、向伊は「奥出です。こっちの大きいほうが野村」と順番に指をさした。

ええ、僕のこと覚えてないんですか？　と、奥出と呼ばれた小柄な男は落胆してみせた。その隣で対照的に、眼鏡をかけた野村という男はわずかに頭を下げるだけだった。二人の体格差は二回り近くあるかもしれない。

「すいません。私、誰のこともあんまり覚えてなくて。記憶力が本当に悪いんです」

言い訳しながら、男たちにがっかりされなかったことに胸を撫《な》で下ろしていた。そういう空気はどんなにかすかでも感じ取れる。私は少なくともこの場を盛り下げはしなかった。でも一年生のときに同じクラスだったという奥出は「きれいじゃないですか」を連呼しすぎで、とても心を込めているようには見えなかった。真に受けないように愛想笑いをしていると、二人とも東京のいい大学に通っているのだと向伊が簡単に紹介した。私も地元で女子大生になったとだけ明かして、短大の名前は黙っておいた。

「さっきも電話で説明しましたけど、熊田さんがきれいになったって話、この二人がなかなか信じてくれなかったんですよね。どこがって言われてもそういうのって、空気、ですよね。空気って言葉にできないですよね」

向伊の口ぶりは電話と同じ、まるで責任と憤慨を感じているかのようだった。

「私、整形手術なんてしてませんから」

酔う前にこれだけははっきりさせておきたかったので、私は目の前の串揚《くしあ》げに手を伸ばしつつ言った。さりげなさを装《よそお》えたかどうか自信はなかった。でも奥出が箸《はし》で摑《つか》みかけていた鶏《とり》の軟骨をわざとらしく落とし、「もちろんですよ。そんなわけないじゃないですか。整形？　誰がそんなこと言ったんですか。熊田さんが可愛《かわい》いのは生まれつきに決まってるじゃないですか」と悪びれた様子もなく一人で捲《まく》し立てたので、私は黙ってもう一口串揚げを頰張った。奥出はうす笑いしているふうにも見える顔で続けた。

「さっき電話で向伊くんに聞いてもらったけど、もちろん冗談ですよ。熊田さんをここに呼び出すために決まってるでしょ。会いたかったんですよ。だって熊田さん、高校のときはほんのちょっとだけセンスが悪かったじゃないですか。僕らのあいだで心配事だったんですよ。熊田さん惜しいよねって。ほら、元は可愛いだけにね。修学旅行に着てきた服とかいまでも覚えてますよ。いや、でもほんとこんなにキレイになってよかったなあ。うん、よかったよかった。髪の毛も素敵な美容室でやってもらってるみたいだしね。

奥出は喋《しゃべ》り続けた。頭蓋骨《ずがいこつ》に穴でも開けようとしているみたいに、延々と私をえぐっていくつもりなのだと思った。すべてが失礼なのに言葉では褒められているので、どう反応すればいいのか分からず、私は必死に男の喋る量が異常なことに驚いている表情で、ごまかした。

いまの状況が把握できず向伊と野村を窺《うかが》うと、いつもの光景なのか、二人とも気にしている様子はなかった。ずっと苦笑しながら聞いていた。あれだけ私に詫《わ》びたばかりの向伊も聞き流しているので、凝った会話を楽しむ教養が自分にないだけかもしれない。数回、爆笑が起こる箇所もあった。たとえば、私がいきなり洗顔用のヘアーバンドを巻いた髪型をトレードマークっぽくして登校し始めたこととか。合唱コンクールの練習のためにテープを録音する係になって、すごく気取った声で「一年二組」と吹き込んだこととか。

男たちの笑い声に囲まれながら、自分がまるで嬲《なぶ》りものにされているような感覚を何度も何度も追い払った。ハハハ……と一緒に声を出すたび、体がゆっくりとプラスティックのような物体になった。この世界の中で、自分だけ素材が違う感じだった。誰も気付かないけど、私は地球上どこを探してもない物体だ。

「もー」「なんですかそれー」と一生懸命体をくねらせたせいで、調子に乗った奥出は私がいかに可哀想《かわいそう》だったかを捲し立て続けた。自分の目が死んでいくのを止められなかった。そのうち表情が曇るのを気付かれてしまったらしく、向伊に「大丈夫？」と小さな声で心配された。

「うん。大丈夫なんだけど、」

微笑《ほほえ》んだが、口元がうまく持ち上がらなかった。

「私、彼に恨まれるようなことでもしたのかな？　嫌いですよね、私のこと絶対」

「そんなことないですよ。みんな熊田さんのこと大好きですから」

向伊が言い、会話を盗み聞いていたらしい奥出も「そうですよ」と頷《うなず》いた。

それでも私がまだちゃんと顔の筋肉に指令を出せないでいると、

「どうやったらこんなに垢抜けられるんですか。熊田さんって普段服とかどこで買ってます？」

向伊が私の全身を眺めるように少し身を引いた。

「服は……普通の、みんなが買ってるところだと思いますけど、」

レモンサワーのグラスを両手で包みながら俯《うつむ》いた。無意識にグラスを下から上に撫で上げ続けるいつもの癖が出てしまい、慌《あわ》ててその手付きをやめた。

私は向伊と目をあわせていなかった。まだ一度も。髪の隙間から手元が見えた。向伊の指には煙草が挟まっていて、こんなに短くなるまで吸うことに意外な感じを覚えたが、不思議と貧乏臭くはなかった。このだらしなさは向伊の魅力に繋がっている。このどうしようもなさそうな友人たちでさえ、彼の危うさをほどよく印象づけていた。

「なのにこんなに芸能人みたいなんですか。え、熊田さん、芸能人にはならないんですか」

この自分の頰の動きを、私は短大の知り合いが子供を堕《お》ろしたと聞いたときに経験したことがある。中身と外面がずれたとき、私の頰の筋肉は骨と皮のあいだに隙間でも見つけたみたいに上へ上へと引っ張られていくのだ。芸能人って、と呟《つぶや》きながら必死で下へ降ろそうとしたけど、無理だった。本当は鼻の骨が折れそうになるほど思いっきり顔をしかめたり、鼻の下の骨が外れそうになるほど伸ばしたりしてほぐしたかった。彼らの前ではできなかった。さっきあれだけ動かなかった口元がいまはどこまでも持ち上がりそうな気がする。

大学を卒業したらこっちでセラピストになるつもりなんです、と滑舌よく私は言った。顔面をほぐせない代わりに口をなんでもいいから動かしたかった。セラピスト、という言葉はちょうど顔の運動になる。セラピスト。本当はそんなもの生まれてから一度も興味を持ったことがなかった。

向伊の「へえー」と嘘《うそ》くさいけど感心したような相槌《あいづち》に紛れて、野村の鼻からふっと息が洩《も》れた。なんとなくあの、人を寄せ付けない印象の眼鏡の奥を見ることができず、私は目線を下ろしたままでいた。自分の両手がいつのまにかまた上下に動いていたけど、今度はやめなかった。私はグラスを撫で続けた。

ええ！　そのエロさでセラピストなんてなっちゃいけませんよ、と奥出が甲高い声をあげた。

「っていうかセラピストってなんなの？　なんなの？　なんでそんな胡散臭《うさんくさ》いものになりたいわけ？　もしかして熊田さんてカントリーで生まれ育ったりしたの？

そんなに人を癒《いや》したいわけ？」

　あまりに見下した口ぶりだった。セラピストなんかなりたいはずがない、と言いかけていた私は思わず「癒したいっていうか……どうせだったら人を助けてあげられる仕事がいいなって思ってて、私、大学でもそのためのゼミを選んでるんです」と口走っていた。本当に選んでいるのはメディア論の講義だった。

　やめなよ。セラピストなんて。駄目、絶対そんなもんなっちゃ駄目だからね。それより熊田さんは大物の愛人とかになったほうがいいよ。そんなにエロいんだから。ね？　そうしよ？　騙《だま》そうよ、親父《おやじ》、としつこく奥出が絡《から》んだ。ねぇ、ムカピーそうでしょ。もったいないって、ムカピーからも言ってやってよ。

　鼻を鳴らす子犬のように奥出に促され、向伊が何かを言いかけたけど、私はそれを遮った。でも……私がしたいと思ってるのは普通のセラピーじゃなくて、アートセラピーなんです。患者さんにアートを作ってもらって一緒にケアしていくっていう。

　ムカピー！　ムカピー！　奥出がついに溺《おぼ》れて助けを求める人のように叫んだ。

野村は相変わらず何を考えているか分からない無表情で、私たちの話をじっと聞いている。この場の判定をする役目を仰《おお》せつかっているみたいに。野村は顎《あご》を私のほうへ少しだけ傾けた。まだ何かを喋らなければいけないみたいだった。

「私は胡散臭いなんて思いません。私は本当はアートに携わる人間になりたいけど才能がないからせめてそれを選んでるんだし、人を助けたいと思って何が悪いんですか」

私は本能的に、この三人から一番軽蔑《けいべつ》されそうなことを捲し立てていた。彼らが自分たちを本物だと思い込んでいるのが、ここに腰を下ろした瞬間に伝わっていたから。その空気に飲み込まれまいと必死だった。

わけもなく、私はグラスをいやらしく撫で続けた。この人たちに気に入られたいという強烈な気持ちがねじ切れるように何回転もしているのが分かった。それなのに私はますますセラピーの必要性について語った。彼らの鳥肌が立つような台詞《せりふ》を丁寧に並べた。賭《か》けだった。悲しいほど低い勝率。

「なんか、浅そうですね、熊田さんって」

野村に呟かれ、息が止まるのと同時に自分の存在が粉々に砕けて、彼らの鼻息で吹き飛ばされていくところが見えた。野村のほうを確かめると、別に傷つけようとしているでもなく事実を感想として述べただけ、という低いテンションだった。

私の何をどこまで見透かして浅いと言っているのか。たぶん全部。三人掛かりで卑怯《ひきょう》だと、わめき散らして帰りたかった。でもそんなことをすれば彼らにますます嘲笑《あざわら》われるのは目に見えていた。私は力ずくで落ち着き払って、皿にわずかに残っていた何かを巻くためのレタスをちぎった。三枚。そのあと思い出したように、トイレ行ってもいいですか、と席を離れた。

個室に入っても私はまだ落ち着き払っていた。用を足して立ち上がろうとしたとき、まるで薬で散らしていた苦痛が一気に戻ったように体が動かなくなった。深呼吸していると、心臓を取り出して洗いたくなるほどの恥ずかしさがこみ上げた。壮絶な羞恥心《しゅうちしん》が目覚めた。

彼らにあわせて自分もひねくれたものの見方を披露すればよかったとか？　でもそんなことをすれば迎合したと見抜かれて、私が同等の立場として扱われることは永遠にないだろう。だからやっぱりああするしかなかったのだ。毅然《きぜん》とした態度を取るしか。浅かったかもしれないが。耳を両手で押さえた。燃えてなくなりそうだったから。セラピストと言ったときに聞こえた野村の鼻息と、このまま一生付き合っていかなければならないと思うと本気で怖くなった。毎朝、目覚まし時計の代わりに、あの〈ふっ〉という鼻息がリアルに耳元で蘇《よみがえ》って、起きてしまう人生。あと何十年も。

私は〈セラピスト〉と唱え続けた。本当にこの言葉は顔の運動だったから。嘘じゃなかった。ちゃんと〈セ〉のところで頬は盛り上がるし、〈ラ〉のところで舌を巻くとリラックスできる。〈ピ〉も〈スト〉も、顔の肉があらゆる形に動く。セラピスト。

私は座り込んだまま足を揺すった。本当は身悶《みもだ》えたかったが懸命に気配を消して、爪先《つまさき》立ちで両膝《りょうひざ》を何度も細かく上げ下げした。

時間が経《た》つにつれて、さっき自分の経験したことが、侮辱というものなんじゃないだろうか、という考えに取り憑《つ》かれ出した。

でも分からない。やっぱりあれは頭のいい大学生独特の、ノリなのかもしれない。別に私なんかを辱《はずかし》めたところで彼らにはなんの得もない。そう思い、膝に力を入れて立ち上がろうとして、でも本当に得はないだろうか？　と私は問いかけた。自分の心の深いところに。すると〝得はある〟という答えが返って来た。少なくとも奥出のほうは女から好感を持たれる感じじゃなかった。パーマのうねりも、彼のひねくれた内面が髪にまで達したみたいだったし、猫なで声も気持ち悪かった。目つきも。顔も。もしかして私が同じクラスだったという彼を覚えていなかったから始まった、仕返しなのかもしれない。野村も、この世のあらゆる女を見下している気がした。二人は女という存在そのものに恨みがあるのかもしれない。そこに何も知らない私が、垢抜《あかぬ》けたことを認めさせるためにやって来た。自分たちのことも覚えていない、芸能人になればいいとそそのかされて、まんざらでもなさそうにしている同級生。向伊がどんな気持ちであの場にいたのかを想像しようとして、やっぱりまだ顔を一度もまともに見ていないことを思い出した。あの場の三人全員が自分のことを「僕」と呼ぶのも、なぜか気になった。

店の賑《にぎ》やかさが押し寄せた。少ししてまた静かになったので、誰かが来て個室が開くのを待っているんだろうと、私は便座から皮膚を剝《は》がした。中が真空になっていたんじゃないかと思うほど、尻《しり》は持ち上がらなかった。このまま私を中に吸い込んでくれたらよかった。

洗面台の鏡を覗《のぞ》き込んで、化粧が落ちていなかったことがこんなにも自分の気持ちを救うのだ、と驚いた。いまの私を支えるのは顔しかなかった。人よりきれいなことしか。私は笑った。おそるおそる、鏡の中の彼女も微笑《ほほえ》んだ。

携帯でメールしていたふうを装って席に戻ると、もー遅かったから心配しちゃったよ、と奥出が腰を浮かせた。毒を混入した直後のような優しい声だった。

「いま、僕らのあいだで熊田さんやっぱすごいよねって話になってたんですよ」

腰を下ろすなり、向伊に言われた。意味が理解できず私は「何がですか？」とバッグに携帯をしまいながら聞き返した。

「いや、さっき、野村が浅いですねって言ったときに熊田さん、余裕みたいなのあったじゃないですか。あそこ絶対、空気悪くなる感じだったんで……やっぱり熊田さんって、他の女の人と違いますよね。来たときもオーラすごかったし……あれ、なんかちょっと怒ってます？」

怒ってないですよ、と私は答えた。

「あの、さっきの誤解ですよ。セラピストが駄目って意味じゃなくて、熊田さんなのにもったいないって意味ですから。もっと上目指したほうがいいですよ。僕が東京の芸能関係の知り合い、誰か紹介してもらいましょうか？」

私は隣に座る向伊とその日、初めて目をあわせた。

明るい中で見る向伊。私が一番望んでいたのは彼の目にやりきれない悲しみが浮かんでいることと、記憶していたよりもよく見たらそれほどの男じゃないことだった。でも違った。どちらとも。向伊の目に悲しみの痕跡《こんせき》はなく、顔はその凹凸を眺めるだけで数時間は愉《たの》しめそうだった。顔を旅したい、という欲望を抑えて、私は一番自分が傷つかずに済む方法に思いをめぐらせた。簡単だった。向伊が私を大したことない人間だと思っていることを受け入れればいい。

自分でも気付かないうちに何かが表情に出ていたみたいだった。奥出が覗き込むように「どうしたの？　何？」と心配げな声をあげたので、席を立った。「すみません。親が心配するのでもう帰ります」財布から千円を抜いてテーブルに置き、頭を下げて、店の出口へ歩き出した。

ムカピーどうしよう。熊田さん、僕らのこと嫌いになっちゃったよどうしようどうしよう。奥出がうろたえているのが聞こえたが、そこまでくるとすべての感情を通り越して白々しい気持ちになるだけだった。

やっと分かった。正月にこうして集まるたびに、この人たちは同級生や知り合いを呼び出しては、からかって遊んでいるのだ。おだてられているのをどの段階で気付くか、彼らはテストしている。最後まで気付かれなかったときは彼らの完璧《かんぺき》な勝利なんだろう。その人物が帰ったあとに物真似《ものまね》しあって誰が一番似ているかを競い合っている。卒業アルバムを広げながら、私の写真を指さして笑っている彼ら。ジャンケンで誰が担当になるか決めている彼らが、少しの努力もなく想像できた。何を言っているかまで分かった。一年意識してたから絶対向伊が誘えば来る、みたいなことだった。

まんまとおびき出されてしまった自分の腹を殴りたくなった。普通に殴るんじゃない。体がほぼ垂直に飛ぶくらい真上に殴り上げたかった。選んだ服も引き裂きたかった。向伊が一年前にも同じ目的でうちに来たのなら、その手の込み具合に目のくらむような哀《かな》しみを覚えた。関係のないテーブルの笑い声も、自分に浴びせられているふうにしか聞こえなかった。人は誰かに笑われずには生きていけないし、人は誰かを笑わなければ生きていけない。哀しみが頭の中で弾《はじ》けて、目から噴き出そうになった。

向伊が追って来たとき、私は下足箱から取り出したブーツを履いているところだった。

「熊田さん熊田さん」と名前を呼んでいたが、私は一切反応せずジッパーを上げた。声がしなくなったので諦《あきら》めて戻ったのだと思っていたら、私より先にスニーカーを履き終えたらしい向伊が自動ドアの前で待っていた。

脇《わき》を通り過ぎてもしつこく追いかけて来るので、足を止めた。高校のときいけてなかった女だからって馬鹿《ばか》にするのはやめて下さいよ、と私は言い放ったつもりだったが、実際には何も言えてなかった。こんなに腹立たしいのに、いざとなると笑顔を完全に消すことができない。自分が男に媚《こ》びていると噂《うわさ》される意味がやっと分かった。

誤解なんですよ、熊田さんはほんとにオーラありますよ。だからオーラってなんなんですか、絶対本気で言ってないですよね。本気で言ってもいままで誰にも信用されたことないんですよ。だってオーラって、オーラとしか言えないじゃないですか。ありますか？　他に。僕、難しい言葉、知らないんですよね。東京の大学行ってるのにですか。大学行ってるやつなんてみんなどうしようもない人間ばっかですよ。でも奥出さんたち、私のこと、あれしてる感じでしたけど。あれ？　……見下してる感じでしたけど。ああ、あいつらも、俺ら三人だとなんとなくああいう空気にならなきゃって思い込んでるだけなんですよねぇ、高校のときからつるんでるから。ああいう空気？　だって酒の席でまともな会話するのとか恥ずかしくないですか。

店の外まで歩いた。駐車場はあと何十台も停められそうな広さだったが、どの車も店の入り口に少しでも寄せようとしているので、眩《まぶ》しい看板の下から離れるほど白線を引いたアスファルトが広がっていた。

待って下さいと言われ続けても、私は止まらなかった。ここに呼んだ理由も、高校のときにお金を借りた話の真相も、もう知りたくなかった。

向伊はついて来た。車に乗らないなら徒歩で送るつもりなんだろう。自分に魅力があると思っているからそんな強引なことができるのだ。

私は、この人間の思い通りにいかないことが一つくらいあってほしかった。足を止めて、振り返った。送ってもらってもいいですか、と訊《き》くと、向伊は無言で何かを握りしめた手を私の胸のほうへ向けてきた。車の鍵《かぎ》だった。

ライトが点滅している、その一台の車に私は乗り込んだ。向伊が運転席に座り、ドアを閉めたとき、初めてこの男と閉ざされた空間で二人きりなのだと気付いた。

外に出てしまおうかと迷った。でもいま別れればもう二度と会わない。自分を抑え付けるようにシートベルトをしめた私に、向伊は「あ、ありがとうございます」と呑気《のんき》に礼を述べた。この声が私をおかしくしている、最初からそうだった。電話で長々喋《しゃべ》ってしまったのも、この声のせい。匂《にお》いのせいもあるかもしれない。

車の中は嗅《か》いだことのない男の匂いで充満していた。慣れた運転で国道に出てから、向伊は話しかけてきたが、私の耳には何も入って来なかった。眠気を装《よそお》いながら、ずっとほころびについて考えていた。どうしたらこういう人間のほころびが見つけられるかを。信号にひっかかるたびに青になるまでに思いつかなければならない、と自分を追いつめてみたが答えは出なかった。そういうことが結局、四度も五度も続いたので、車が実家の門の前に到着する頃には信じられないほど疲れ果てていた。

ぐったりしている私を、「大丈夫ですか？」と向伊は気遣った。その横顔はこうして冷静に眺めれば、完全に悪人のものだ。いままでそう見えていなかったのが不思議だった。私の眼差《まなざ》しだけで何かを感じ取ったらしい向伊は気まずそうにシートベルトを外して、エアコンの温度をあげた。まだ降ろすつもりはないらしかった。

「彼氏いるんですか、熊田さんって」

向伊がハンドルから手をおろして尋ねてきた。

私は一瞬なんと答えるべきか躊躇《ちゅうちょ》しながら、います、と口走った。誰とも付き合ったことさえなかったが、少しでも向伊を動揺させたかった。

「あー、僕もいるんですよねぇ、彼女」

その直後に、窓ガラスのほうに吹っ飛んで破裂する自分の頭を見た。え、彼女いるんですか。どれくらい付き合ってるんですか。これだけ心が揺さぶられているのに、自分でも信じられないほどなめらかな口調だった。

「そこそこ長いですね。もうすぐ二年になるかもしれない」

「二年……確かにそこそこ長いですね。結婚とかするんですか？」

「え、しないしない。まあ向こうはしたがってるみたいだけど、しませんよ」

「幾つぐらいの人？」

「三個上」

「へえ、歳上《としうえ》。でも向伊くんみたいな人だったら、そのほうがいいかも。大学

し」

生？」

「社会人です。言っとくけど、ほんとすごい地味ですよ。化粧とかも全然しない

「向伊くんって浮気とかしないの」

「しますよ。でもまあ本気になることはないんで」

心から水を一気に抜かれていくのに似た感触で、一年間、本当に向伊が自分に気があると思い込んでいたことを知った。ついさっきあれだけ傷ついたのにまだ、本当は「そう見せかけて実は……」と真実が切り出されるのを心のどこかで待っていた。何かが疼《うず》いた。でもまるで魂が後部座席から自分を観察しているみたいだった。さっき窓ガラスにぶつかったときに私は死んで、なのに向伊が話しかけるから体だけ生き返ったんだろう。彼のために何もかも存在するのだ。

熊田さんは彼氏とはうまくいってるんですか、と向伊に訊かれ、いってますよ、と返事した。

「熊田さんって、どれくらいの男の人と付き合うんですか」

「どれくらい？」向伊の言葉は率直すぎて、意味は漠然と分かっても確認が必要だ

った。私はなるべく厚い殻に覆《おお》われた声を出した。手に食い込むほどシートベルトを握りしめながら。

「いや、熊田さんくらいの人だと、どういう男なら自分のこと口説く資格あるって思うのかなあって」

「……資格とか考えたことないですけど、」

「へえー」

私たちのあいだに意味ありげな沈黙が生まれた。セラピスト、と私はほとんど反射的に心の中で唱えた。もう何も感じたくなかった。向伊の言葉一つ一つに振り回されたくなかった。いまがどういう状況なのか分からないが、向伊がこのまましし手を出してきたら舌を噛《か》み切って死のう。舌だけなら動かせる。体は動かなくても。

「あ、僕が熊田さんのこと口説いていいなんて、全然思ってないから大丈夫ですよ。そんなことで熊田さんの株、下げたりしないんで」

向伊がシートベルトを締め直した。

私はドアの重さを感じながら、外に出た。

ずっと受け流していた原からの告白をわざわざ蒸し返したのは、それぐらいの罰じゃないと足らない、と思ったから。

デートの帰りに部屋に寄らないかと言われて、私は最初からこうなると分かっていた。原は短大に入ってすぐ友達の紹介で知り合った男で、初対面の女の子からは大概素敵だの格好いいだのと騒がれるような存在だったが、私はこの男に対してはなんの好意も湧《わ》かなかった。私の憧《あこが》れる魅力にはかすりもしなかったし、どちらかというと、軽蔑《けいべつ》していたくらいだった。自分を深い人間に見せようとするならまだしも、自分を深い人間だと思い込んでいるところ。

あの席で野村に「浅いんですね」と言われたとき、屈辱に震えそうになりながらも、私は私の浅さを自覚している、と思った。どんな言葉を浴びせられても、自分が浅くないと怒り出す真似だけはしないだろうと、頭ではないところで分かった。

でも原は違う。それがいま、この男の舌の差し込み方ではっきりした。一人暮しの部屋に誘い込んだ原は趣味のＤＶＤを誇りながら自分には知識が無限にあるようにほのめかし、男女が狭い室内にいることを意識するほうがおかしいという空気を巧みに作り上げたあと、私の両手首を摑《つか》んで顔を近づけてきた。とっさにその手を振り払おうとすると、小さな声で「違う、そういうんじゃないから」と咎《とが》めるように真顔になり、私が彼をとても矮小《わいしょう》なものに歪《ゆが》めたかのように感じさせ、申し訳なさと気まずさを植え付けたところに、私が警戒していた通りのことをした。唇を塞《ふさ》がれて、私はそれでもまだ原を矮小な人間に歪めてはならないと、自分の誤解を解こうとした。この脳が単純なせいで、ものの見方が一つしかできないだけで、他の見方をすればディープキス以外の意味が存在するはず。原の手には映画史を変えたとさきほどまで力説されていたＤＶＤのケースが握られたままで、中身が真ん中にうまくはまっていないのか虫でも飼っているみたいにずっと小さく音を立てていた。まさかあれをああやって持ったままのつもりなんだろうか。

考えているあいだに、私は原を拒まなかった、ということになっていた。ここまでさせておいて、いまさらという空気になっていて、ああ、ずるいな、という思いが胸の中で厚ぼったく膨らんでいった。処女なのにどうしてここまで客観的でいられるのか、自分でも分からない。

ようやくねばついた唇が離れた。でも私がこの男を心の底から軽蔑していい人間だと確信したのは、次に発された言葉を聞いた瞬間だった。

「ごめん、気持ち悪かった？」

本人を目の前にして、いましたキスが吐きそうなほど気持ち悪いと言える人間がどれくらいいるのだろう。人種差別にも似た後ろめたさを感じて、私は咄嗟《とっさ》に首を横に振った。しまった、と思ったときには、よかった、ありがとう、とほっとした表情の原に礼を言われた。もちろん「ありがとう」という言葉が、人の心をどんなふうにがんじがらめにするかを、この男は知っているのだ。もがけばもがくほど抜けられなくなる、沼のような嵌《は》め方をする男だった。どうなってもいいはずだったのに、よりによってこんな人間とかと思うと、気分の悪さがごまかしきれなくなって、私は「ごめんなさい」とベッドに押し倒そうとしていた原の体を押し返した。本当はごめんなさいのあとに、限界、と添えたかった。

「どうして？　俺のことが嫌い？」

柔らかく、また極端な質問をしてくる原に、きっとこれまでも何人もの相手がつけ込まれたんだろう。私はその内気な女の子たちが口に出来なかったに違いない嫌《けん》悪感《おかん》を追体験しているのだ。このベッドのシーツからその子達の怨念《おんねん》が浮かび上がってくるようで、私はいま自分がどんな気持ちを原に向けているのか、体ごとそっくりそのまま取り替えて伝えてあげたかった。トイレを貸して下さい、と言ってそのまま部屋に置き去りにした。

一番近くのコンビニに飛び込んで液状歯磨を買った。店を出てすぐ封を開けて使った。舌になるべく刺激が走るように口を動かしているうち、なぜ自分が罰を受けなければいけないのかという思いがじわじわと抑えられなくなった。処女を原にあげるなんて、私の男を見る目に一生落とせない泥がつくのと同じだ。向伊に手を出されなかったからって、どうしてあんな男と寝なければいけないんだろう。

この四日間、向伊に連絡して「私にはがっかりしたかもしれませんが、私も向伊さんには同じだけがっかりしました」と伝えたい欲求を何度も抑えていた。連絡先を交換しなくて本当によかったと何度も思いながら、それと同じだけ交換すればよかったとも思い続けていた。私は、せめて何か傷跡をあの男に残したかった。彼の中で私がいまの私のままで終わることは拷問《ごうもん》と同じだった。

向伊は私をきれいだと言った。芸能人になればいいと言った。どこまでが本音で、どこからが嘘《うそ》だったのか教えてほしい。なぜ卒業アルバムの中から私を選んだのかも。奥出と野村に会わせた理由や、もし実家まで来て私が垢抜《あかぬ》けていないままだったら、高校のときのような私のままだったらどうしたのか、とかそういうことを許されるだけ詰問《きつもん》したかった。

携帯が震えた。着信記録が六件もあることに、いま初めて気付いた。五件は原からだった。あとの一件は知らないアドレスからのメールだった。

〈こないだは付き合ってくれてありがとうございました。

知り合いが熊田さんのアドレスを知っていたので、そいつに教えてもらってこのメールを送ってます。嫌だったらすいません。熊田さんは楽しくなかったかもしれないけど、俺は楽しかったです。

じゃあまた機会があったら。向伊〉

それを読んだ直後、生ぬるい水が体の内側から滲《にじ》み出すような感覚に打たれて、私はしばらくものを考えることもできなかった。

思考が戻り始めていき、自分がひたすら心の中で一つの言葉を連呼していることに気付いた。助かった、と喜びをかみしめていた。なんでこんな気持ちになるのか混乱しながら、私に分かるのは、ただ向伊が自分をあれで終わりにしなかったことだけだった。助かった。助かった。私はまだ向伊の世界のほころびに手をかけることができるかもしれない。

息をしているだけなのに満ち足りていた。空気に味がある。四日前に向伊の車のドアを閉めてから、初めて目の前のものに焦点をあわせた気さえした。停まっているワゴンのナンバープレートの数字。何桁《けた》でも覚えられそう。液状歯磨をもう一度口によく含んで、タイヤの陰に吐いてみた。私は盛り上がってくる気持ちに向かって反吐《へど》をかぶせるつもりでミント味の液体をコンクリートに二度、三度吐き出した。

メールを続けて四回読み返した。最後の一回で暗記できた。喋るときは〈僕〉なのに、文章では〈俺〉だった。その場で〈こちらこそ楽しかったです。何か私ががっかりさせていたら、と少し心配になっていました。機会があったらまた、本当に熊田〉と指がもたつきそうになる速さで文面を打った。指先が震えているのは冬の寒さのせいだ。初めからそれを送るつもりはなかった。全体としての文字のバランスを確認したあと、保存だけした。

母親に電話して、コンビニの場所を告げて店の前のベンチで待っているあいだ、原からの着信をすべて拒否して、缶コーヒーを飲みながら今度はゆっくりと時間をかけてメールを作成した。

〈私をあそこまで辱《はずかし》めておいて、よく楽しかったなんて感情になりますね。人間ですか？　私は自分を人間だと思っていましたが、あなたと出会ったことで鬼なのかもしれないとも思い始めました。もう少しで恋愛になったかもしれないのに、何かがずれて、まったく別のものになってしまったような気がしています。あはは。あはははは。あははははははは。忘れないで下さい。これから私達がどんな関係になろうと、〉

そこまで打ったとき、クラクションを鳴らされた。眠そうな母親がコンビニの灯りに顔をしかめているのが車の窓越しに見えた。私は立ち上がって、小さく手をあげた。缶をゴミ箱に捨てると、まだ残っていたコーヒーが跳ねて中で揺れたのが分かった。携帯の文面は歩きながら消去した。

夜、初めに打ったほうのメールを向伊に送った。
向伊からの連絡は、それから一年なかった。

三度目で初めてTシャツから出ている腕を見た。

不健康さは変わらなかった。というより、それこそ彼の力だった。この世の何もかもを拒絶しているような体は、向伊に生命力とは別の力を与えている。一度目は声で私を捉《とら》えた。二度目は言葉。三度目は肉体なのかもしれなかった。横目で、ハンドルを握る男の背中の丸みを眺めた。腐りかけた臓器。少しだけ胸が焦《こ》げ付くように痛んだが、傷の上に傷を重ねただけだとも思った。

私たちは二十一歳になっていた。

向伊のほうから、いま帰省しているので会おうと積極的に誘ってきたのだ。いいですよ、と何の気もない素振りで私は了承した。この人にとって正月の田舎で暇を潰《つぶ》すのにちょうどいい相手になりつつあるのかもしれない。

私の中で向伊への気持ちはこの一年のあいだ、とても一人の人間に対する感情とは思えなかった。朝起きると、私の一日は向伊を許せる日と、許せない日に分かれた。時間は向伊を覚えている時間と、忘れている時間の二つだった。あのときああ反応していればよかったと嘆く私と、そうでなくてよかった私の二人だった。巡り巡って向伊がいい人のように思えるときもあった。そんなはずがなかった。出会ってしまった、という言葉が頭の中を回り続けた。私は常にその言葉に振り回されないように自分が遠心力の中心だとイメージした。うまくいかないときは身も心も持っていかれてぼろぼろになった。もし少しでもそんな辛《つら》さに酔ってしまった気がしたら、自分になんでもいいから罰を与えなければ、私は私を許すことができなかった。そういうとき、利用するのは結局原だった。原に会ったあと、何人の向伊が私の頭の中で消され、また生まれ湧いただろう。こんな状態が一年も続くなんて。

自分にとって向伊が一体なんなのか、とっくに分からなくなっていた。なぜここまで狂おしく他人のことを考え続けているのか。向伊がどういう人間かも知らないのに。だけどお陰で、私の辱めの記憶は幻想のようになった。いまでは本当に口にされた言葉と、そうでない言葉が溶けあいつつある。頭の中から向伊が消せないから、私はあえて目を背けず、その姿を大きくしたのだ。連絡が来なければ、このまま向伊を見失えた。

会わないという選択肢を選ばなかった。田舎の暇な若者らしく、県境の山にある廃ホテルに二人で懐中電灯を持って出掛ける約束をした。ヤクザに追い込まれ、経営者が自殺したという曰《いわ》く付きの、地元では有名な心霊スポット。

私にとって向伊自身がすでに幽霊だった。幽霊と電話しているような気持ちだった。門の外に出て覚えのある車が私を待っているのを見たとき、幻想になりかけていた古傷の存在が蘇《よみがえ》るのを感じた。

林道を走る車の中では、他愛《たわい》ない話をした。

私が短大を卒業して、結局セラピストを目指さなかったこと。運送会社で事務員に採用され長距離トラックの運転手たちに囲まれていること。県外へ出たかったけど熊田の家を継がなければならないのでそれは不可能なこと。向伊は向伊で大学の単位が怪しいことや、仲間と会社を起業する話が出ていることを報告するでもなくした。

同棲《どうせい》中の彼女の結婚願望がいよいよ高まっているという話題になったときも必要以上の反応をせずに済ませることができた。向伊も特にその話を続けなかった。

「熊田さんはまだ彼氏とうまくいってるの?」と尋ねてきたので、「いってるよー」と笑いながら答えた。向伊は「熊田さん、男から別れたいって言われたことないでしょ」とお世辞のように頷《うなず》くだけだった。私は聞き流した。二年前より、一年前よりずっと上手に。

うまくいってる、と思った次の瞬間に、私の中の疲れ切って死んだはずだった感情が息をし始めた。二人のあいだに敬語がなくなっているような気がして、それがいまに始まったことなのかどうかを思い出そうとしたけどうまくいかず、ただ向伊が距離を縮めてきたぶんだけ、私もすんなり距離を縮めてしまうだろうことを確信した。それも自分が覚悟していたより、遥《はる》かに少ない抵抗で。やっぱり今日は会わないほうがよかった。会ってはいけなかった。シートに腰を降ろした瞬間から本当は知っていたのだ。私は向伊に会いたかった。

林道がカーブし続けたので、喋《しゃべ》りながらずっとそのことに集中していた。私の中身が向伊のほうへいかないように窓のほうへずっと体を傾けて座っていた。手は一年前と同じ、シートベルトをきつく握りしめたまま。向伊は自然体だった。

「霊能者が帰ったんだって」

「え？」

私が聞き逃して意味が理解できないのかと思ったが、そうじゃなかった。向伊が「ああ、いきなりすぎたね」と言い添えてから、昔テレビで流行《はや》った霊能力者の名前を出したので、覚えてる、と私は短く返事をした。

「あの人がテレビの心霊特集で、いまから行くホテルに来たらしいんだけど。敷地に入った瞬間、すっごい震え出して、ここは洒落《しゃれ》にならないですって本気で撤収したらしいよ」

「ほんとに？」

「嘘かもしれないけど。でもそういう噂《うわさ》聞いたんだよね」

「やっぱあるのかなあ。そういう、本気でここは駄目だみたいなところって。私たち大丈夫かな」

「熊田さんってお化けとか信じる人？」

「私？　ううん、全然」

「よかった」という向伊の反応はやけに感情が籠《こも》っていた。

俺も全然なんだけど、たまにアタシ見えるっていう女の人、いるでしょ。え、いる？　嘘、いない？　俺の周りとかすごいいますよ。こないだグラビアやってるっていう女と飲み会開いたけど、ほとんど全員見たことあるって言ってたし。やっぱああいう系の女って、イカれてるんですよね。じゃないとあんな人前でエロい格好できないよね普通。

女、女ども、という言葉遣いを向伊は平気で繰り返した。同じ女として不快感を覚えたが、同時に私をそちら側の人間として扱ってないという印象も受けた。次に発された〈女ども〉の響きで、やっぱり気のせいじゃないと思った。私が相手だから安心して喋っているのだ。仲間意識。

「グラビアの人と飲んだりするの。すごいね、東京は」

「でもグラビアって言っても一回雑誌に載っただけとかだから。全然かわいくない子も平気でいますよ。熊田さん、今度東京に遊びに来たらいいよ。バケモノみたいな女、ホント、そこら中にいますよ。霊よりそっちのほうが怖いかもしれないよね」

向伊の言い方が気になって、田舎だからあんまり気の利《き》いた遊び場所がないことを私は詫《わ》びた。それから、いまから行くホテルが無難なカラオケやボウリングよりおもしろいはずだと言い訳がましく説明した。まずフロントを探して、その裏側に貼《は》ってあると噂のお札を探す。そのあとすべての客室の中に一つだけ、風呂場《ふろば》で黒魔術をやっていた形跡が残っている部屋を見つけ出す。最後に地下室。経営者がそこで首を吊《つ》って死んだ。

すごいよくできてるよね、と向伊がペットボトルに手を伸ばしながら言った。

「下手なテーマパークよりも、テーマがちゃんとしてますよ」

もっと興味を惹《ひ》きたくて、私はさらにこのホテルのすごいところをなるべく魅力的に聞こえるように語った。経営者とヤクザの事件が実際、地元でニュースになったことや、私もテレビでそれを観《み》たこと。ヤクザの相当えげつない追いつめ方。えげつないから、もしかして向伊くんも好きかなあと思って。そういうの好きじゃなかった？　私は訊《き》いた。むごたらしい、という言葉とどっちが気に入ってもらえるか迷いながら。

えげつないの、いいよね。向伊が頷いた。本当はただの食事でよかったのかもしれない。カーナビが道案内を終了し、「着いたよ」と示された方向に目を凝らすと、確かに建物の影が見えた。

駐車場がバリケードのように板で塞《ふさ》がれ立ち入り禁止になっていたので、私たちは車を少し離れたところに停めた。懐中電灯を光らせてホテルまで歩くうち、敷地は驚くほど厳重に人が入れないようにしてあって、興味本位の人間が来るような浮ついたところじゃないとすぐに分かった。

帰ろうかという話にもなった。でも一時間半以上かけてここまで来たのが勿体《もったい》ないという気持ちもあって、せめて敷地を一周してみようということになったのだ。林道以外、何からも孤立したホテルだった。裏のほうまで行けば行くほど、どんどん足元が夜露で濡《ぬ》れた長い草に邪魔されるようになった。

バリケードの板が力任せに折られているところを向伊が一カ所だけ見つけたので山の斜面を登るようにして近づくと、確かに地面に這《は》いつくばれば潜《くぐ》れるくらいの隙間《すきま》があった。板の割れた部分は尖《とが》っていて、よほど本気じゃないとここをくぐり抜けようとする人間はいないだろう。向伊もそう思ったらしく、こちらを振り返った。てっきり帰る提案をされると覚悟したのに、

「これちょっと、服汚れるけど、大丈夫?」

とさほど嫌そうでもない口調で尋ねられた。

帰りませんか、と私は引き止めた。けれど向伊は「何言ってるんですか。ここまで来たんだから行きましょうよ!」と、懐中電灯を私に手渡し、なるべく土で汚れないように気をつけながら隙間を器用にくぐり抜けた。

熊田さんも。向こうから声を掛けられる。私は戸惑った。かがみ込まなければ通れないこの隙間は、まるで私の何かを試しているかのようだった。

懐中電灯を戻し、おそるおそる真似《まね》をするように地面に手をついた。山の土は冷気が中に籠っていて、このまま持ち上げられるんじゃないかと思うほど重たく掌《てのひら》に吸い付いてくる。板の尖った部分に腰を何度もぶつけた。向伊が「大丈夫？」とこちらに光をあてたせいで、四つん這いの姿勢で目が合った。このまま山の中に走り去ってしまいたかった。わざとじゃないかもしれない。でもこんなみじめな体勢のときに明るくするなんて、人間のすることじゃない。

忍び込んだ先は大浴場の露天風呂だった場所らしく、窓ガラスは石を投げ込まれてひどい割れ方をしていた。私たちは怪我《けが》をしないように注意して、侵入した。中はさびれた、経営不振で潰れたごく普通の建物だった。ホテルと旅館の中間のような感じだった。ただ人の手によってかなり荒らされていて、廊下の壁紙は手当たり次第に剝《は》がされていたし、至るところに何かが殴り書きされている。シンナーのような刺激臭のする場所を私たちは息を止めて歩いた。赤黒い絨毯《じゅうたん》の上を、浴場と記された看板の矢印を逆に辿《たど》って、やがて吹き抜けのロビーに出た。

前に立っていた向伊は「あれですよね、フロント」と頷いて懐中電灯の光で奥のほうにぐるりと一度円を描いたあと、「でもその前にちょっとこっちも見たくない？」とホテルの入り口付近を照らした。

ソファやテーブルが何組かひっくり返って置かれていて、その家具に貼られた紙には〈差し押さえ〉という文字が見えたけど、本物なのか、誰かのいたずらなのかは分からなかった。向伊は二段だけの階段を降りて、窓ガラスに囲まれたロビーの真ん中まで歩いていき、気になったところに入念に光を当てて観察し始めた。

私が壁伝いに移動してフロントの前で待っていると、何度か「ちょっとこれ見て。血じゃない？」とか、「穴が開いてる」などと声を掛けられたが、本気で呼び寄せるつもりはなさそうだった。ここを愉《たの》しんでいるのか、愉しんでいるふりなのかを、私は目を凝らして見極めようとした。

こんなところ、どう考えても東京の人間がわざわざ来るところじゃなかった。どうして誘ってしまったのだろう。向伊が幽霊みたいだな、と思っていたら知らぬ間にこのホテルのことが口を衝《つ》いて出ていたのだ。さっきのグラビアの女の子たちとコンパをしているという話がどんどん私に暗い影を落としていた。いまになって信じられないほど動揺しているのが分かって、自分でも泣くか笑うかしてしまいたいほどだった。私は勝手に追いつめられている。またこの感覚。苦しい。頭が痛い。

解放してもらえるならなんでもします、という言葉を吐き出したい。でも、もう見下されるのだけは嫌だった。見下されてるんじゃないかと勘ぐり続けることも。この一年の辛さが蘇って、私は頭の締め付けをどうにかしたくて涎《よだれ》を垂らしそうになった。きれいな女の子たちが周りにいくらでもいるのに、こんな田舎で私と心霊スポットに来るなんて向伊の神経が信じられない。四つん這いになって東京で買った服まで汚すなんて、私に自殺でもしてほしいのだろうか。私は充分すぎるほど辱《はずか》しめを受けた。なのにきっとこの男はまだ足りないのだ。私はもう限界なのに。

向伊が戻って来た。二人で一緒にフロントの裏側を調べた。散々探した。分かりにくい足元にお札が一枚だけ貼られていて、向伊が体を起こしながら「さすがにちょっとゲームっぽすぎるね」と首を曖昧《あいまい》に傾《かし》げた。

そのまま、私の腰を抱き寄せるところを想像した。そうすれば私は「向伊さん？」と驚いて思わず名前を呼ぶし、向伊も始めから私の反応を窺《うかが》うつもりだったように「ああ、ごめんね」と腰から手を離せばいい。

私が放心したようになったまま「いまのはなんだったんですか」とでも尋ねるから、「なんでもないです。気にしないで下さい」と笑って答えるかして、「なんでも

ないって、そんなわけないじゃないですか」と私に思い切ってもう一度訊かれれば
いい。
「このまま結婚していいのかなって思ったんです。悪気はなかったんです。自分で
もなんであんなことしたのか、」
みたいなことを答えるかもしれないけど、それは絶対に嘘《うそ》だと私は見抜くだろう。
ここでできる、退屈を潰《つぶ》せて一番マシなことをやろうとしたのだ。青姦《あおかん》。向伊がフ
ロントの裏の札に興味など最初からないのだとやっと分かった私は、こんなに寒い
のに自分の顔が火照《ほて》っていくのを感じる。フロントの台に置いていた懐中電灯をす
ばやく拾い上げた向伊が、体の向きを変えながら「次に行きましょう。黒魔術です
よね」と言った瞬間、その火照りが体全体を包み込んで、火葬の必要がないほど私
を骨まで燃やすだろう。黒魔術、とこの男は必ずもう一度言う。きっと二度でも三
度でも四度でも五度でも。
言われてしまう前に、私は向伊の上着を摑《つか》む。引っ張られて動けなくなったこと
に気付いた向伊が振り返って、こちらを意外そうな表情で見下ろし、そのまま眺め
続けたあと、

「え……いいんですかね」

と戸惑った声で訊かれるが、私は何も答えられない。向伊の掌が申し訳なさそうに頬に触れたときも、これでいいのかどうか私は自分に問い続けている。でも逃れようがないものをお互い感じる。私と、同じくらい向伊も。向伊は私の真の魅力に気付いてしまったから。私は違った。ただ解放されたいから。向伊は、私の味わってきた苦痛がどんなに人の限界を越えているか知らない。また一年後、思い出したように電話される時を待つくらいなら、殺してくれたほうがマシだと思えるのがどうしてなのか分からない。そしてその一年後、もし電話がきたとしても、もうこんなふうに会うことはないだろう。きっとその頃、私はいまよりさらに何も持たざる人間になっているから。ここだけの本当の話。一年一年、約束したかのように私は輝きを失っているのだ。二十三歳。私のすべてはなぜか二十三歳で決まる。そのときに目の前が拓《ひら》けているか、塞がっているかで、何もかも決まると思っている。そしてどう考えても、そのとき私の目の前は拓けてはいないのだ。だから二十三歳になれば、私の魂は死ぬのだった。まるで高校を卒業してからの四年間だけ、地上に出てくるのを許された死者のように、私は十九歳できれいになった。嘘の生気を与えられた。でもこのままあの家で暮らし毎日トラック運転手の相手をしていれば、また冴《さ》えなくなって奈落《ならく》の底へと引きずり込まれていくだろう。私には手を思いきり伸ばそうとしている自分がはっきり見える。何かを掴みたいのだ。戻れば、あの薄暗いところでもう二度と生き返ることはできないから。あと二年。向伊の唇を私も吸う。舌を口の中に受け入れる。

こねるように舌を動かしている最中、相手の血を自分の脈に流し込んでしまっているような感覚に襲われるかもしれない。猛烈な拒絶が逆流するような勢いで溢《あふ》れそうになって、腕が必死に向伊の体を押し返そうとするかもしれない。でも向伊は私を押し倒す。そのまま後ろへ倒され、カウンターに寝転がされても、私は向伊にされるがままになる。まさぐられる指にだけ集中している。薄闇《うすやみ》の中、向伊の舌から糸をひいて伸びるお互いの唾液《だえき》を見た瞬間、私の中で何かが緩んで向伊に叫ぶ。その一言が向伊に信じられない衝撃を与え、彼の中で私は唯一《ゆいいつ》、自分の思い通りにならなかった人間として燦然《さんぜん》と君臨する。向伊はそのまま廃人になって生き物として終わる。

目の端に光が横切ったような気がして、私の意識は自分の中に戻った。何も起こっていなかった。向伊は私の腰を抱き寄せたりしなかった。でも天井を見上げると、本当に光の筋が視界の上から下へと行き交い、私はようやくそれがホテルの自動ドアのガラスをすり抜けて、こちらに向けられている懐中電灯の明るさだと理解した。ドアに辿り着こうとしている人影の服の色味だけがぼやけて見えて、私は、警察、と呟《つぶや》いた。相手が紺色の帽子を被《かぶ》っていると分かったからだ。

「え、本当？」

お札を確認し、さっさと移動しようとしていた向伊は足をとめた。「どこ？」

「窓の外」

懐中電灯の光はまだ私たちを見つけていなかった。ガラスの向こうからサーチライトのようにロビーを照らし、人がいるかどうかを確認している。フロントの近くにいた私たちはその灯りに捉《とら》えられる前に、カウンターの裏側に逃れた。凹《くぼ》んでいるカウンターの中に雨宿りをするように潜り込んだ。床にはロビーと同じ、新聞や何かの切れ端が絨毯を気取って敷き詰めてあり、ここにこうやって潜んだ人間がいたことを窺わせていた。ひしゃげた吸い殻が何本も落ちている。ティッシュも。

私は四つん這いの姿勢のまま顔を上げて、動く光を息を呑《の》んで見ていた。向伊は銃撃戦のように腰を浮かせてカウンターから顔を出し、しばらく様子を探ったあと、「警察かな。もしかしたら警備会社の人間かもしれない。どっちにしろ鍵《かぎ》、持ってなくて中まで入って来れないみたいだね。たぶん僕の車が地元の人間に見つかって、通報されたんだと思うけど、」

と耳元で囁《ささや》いた。ガラスを鈍く叩《たた》く音がした。私は慌《あわ》てて「見つからないでよかったね」とだけ答えた。

この犬小屋のような場所は私と向伊が入れるだけの空間だった。お互いの息遣いが聞こえる。危なかったね。もうちょっとで見つかるとこだったね。向伊の口調は心なしか興奮していて、さっきロビーを調べ回っていたときよりも愉《たの》しそうだった。私の口には、まだ想像上の向伊の唾《つば》が残っていて、持て余すうちにどんどん溜《た》まっていくので、舌の表面を削《そ》ぐつもりで唾液を少しずつ飲み込んでいった。そのうち、こうやって逃げ隠れたことがこの一番の思い出になるのは嫌だという思いが私を動けなくした。こんな状況。向伊は私を襲わないと駄目だった。私を犯さないと駄目だった。四つん這いのせいかもしれない。私は自分が動物になったような気持ちのまま、向伊が自動ドアを窺っている隙を狙《ねら》った。スカートにすばやく手を突っ込み、下着を膝《ひざ》のところまでそっと下ろした。見つかれば、いつのまにかずれていたと言い切ればいい。冷気が膝から這い上がって私の内股《うちもも》まで指を伸ばしている。向伊もそうすればいい。女の足が好きなはずだから。

外の人物は向伊の言った通り中まで入って来られないらしく、どこにいるかも分からない私たちに、警笛で威嚇《いかく》を続けていた。

「しつこいよね」と顔をしかめながら体勢を戻した向伊が、スカートから覗《のぞ》く足を見た気がした。下着は膝のところに引っかかっているはずだった。私はまだ四つん這いの姿勢のまま、さりげなく視線の端で向伊を捉えた。向伊は「熊田さん……」と口にしたっきり黙り込んだ。その次に何を言うかで、私たちの関係が決まると分かっている。

すごいですね。向伊は声にはほとんど出さず唇を動かした。

私の全身が震えた。

向伊は想像を絶する狡猾《こうかつ》な男で、どういう状況であろうと私に劣等感を植え付ける気なのかもしれない。

しばらく待っていると、音が止《や》んだ。壁を走り回っていた光も消えていた。それでも罠《わな》かもしれないと向伊が言うので、私たちはまっ暗なまま身動きしないで潜み続けた。やがて向伊が突然車が心配だと騒ぎ出して、カウンターの下から這い出したので、元来た道を二人でほとんど手探りで戻った。地獄にまた戻っていくみたいに。

侵入した板の裂け目に警察が待ち伏せているかもしれないと言われたが、誰の姿もなかった。車の停めてある場所もまだ無人だった。応援を呼んでいる最中だったら危ないと走って車に乗り込んだ。帰り道、私からしつこく誘ってホテルに入った。

傍らの向伊は私の太ももをさすり上げていた手を止めて、枕《まくら》にビールを垂らし、「熊田さん、これ吸える?」と訊《き》いた。

私は置いていた頭を枕から少しだけ浮かせ、すぐ顔の側《そば》にできた染《し》みを黙って見つめた。白と灰色の中間のような枕カバーに、掌ほどの円が濃い色になってできている。ビールの匂《にお》い。どこまで洗濯しなければいけないんだろうと鼻先をそっと近づけると、「冗談だからね」と向伊に言われ、私は分かってる、という意味で頷《うなず》いた。

話題変えたさに「東京に戻らなくていいの？」と尋ねた。

体を許したら二度と連絡が取れなくなるだろうと思い込んでいた向伊が、もう三日も私の実家に入り浸っているなんて信じられないことだった。

うちの母親が作ったご飯を食べている向伊は、他人の生活を興味本位で体験しにきたふうにしか見えなかった。家を守るために生まれてきたと噂《うわさ》されるほど真面目《まじめ》なうちの母親をあっという間に懐柔してしまったのも、この二年で私が育てていた向伊像とずれがあって、戸惑った。もっと他人を寄せ付けない人だと思っていた。異様と言っていいほどの人なつこさを発揮して母親に取り入る向伊の姿は、まるで別人だった。

私の部屋のベッドに、寝転がり続けたまま向伊は言った。

「帰れって言うなら帰るけど。え、でも俺といまの彼女との関係、説明したよね？」

私は起き上がって、うん、と返事した。彼女は向伊が東京で知り合った人だった。バイクの後ろに乗せ、交通事故の巻き添えにしてしまった人。向伊が一生面倒をみることを約束させられているという説明はすでに何度も聞かされていた。とても勘のいい女で私とのことをごまかすことはできない、帰ったら彼女の父親の前に突き出されてどうされるか分からない、彼女の父親はいろんなところに力を持っていて怖い人だから、と向伊が打ち明けたとき、私はそれが一つも存在しない話だと思った。

見破れたのは、同類の勘かもしれない。でも私の嘘は、自分でも目的が分からないものだ。なんでそんなことを言ってしまったのか、あとからどれだけ考えても解き明かすことが出来ない。私を不利な状況に追い込むこともある。向伊の嘘には、ちゃんと目的があった。私に、二番目でもいいと自分から言わせるため。

信じているふりをして聞き続けた。向伊がどういう男なのか知りたかった。

向伊の前ではなるべく騙《だま》しやすそうな私を見せていた。勉強はできるけど、主体性はなくて、男の言うことをすぐに聞いてしまう女。母親がそうなのだから、もともと私の中にもある部分で、難しくはなかった。

そんな私に向伊の態度は少しずつ横柄《おうへい》になり、大胆な嘘も吐《つ》くようになった。嘘にはその人の個性がどうしようもなく出ると思う。私は彼のメッキが剝《は》がれ落ちればいいと願っていた。向伊の底の浅さを知りたかった。

「熊田さんて、あんまり喋《しゃべ》らないから、やっぱまだ何考えてるか分かんないよね」

押し入れを開ける私を見ながら、向伊は半笑いでそう口にした。「愛想はいいけど。子供のころからそんなだった？」

新しい枕カバーを手に、私は向伊の傍らに転がり込んだ。向伊の手が寵愛《ちょうあい》するように自分の尻《しり》のほうへ流れるのを感じながら、どうかな、と答えた。「家が厳しいから、確かに感情をあんまり出さないようにしつけられてたかも」

「いつも何考えてるの」

「何も考えてないよ」

「おとなしいって人から言われない？」

「言われることもあるけど」

「きれいでよかったね」

向伊が思ってもないような口調で言ったあと、「いままで何人と付き合った？」

と続けた。

「全然いないよ。二人、とか」

「いまの彼氏とは別れないの」

私はとっさに「向伊くんはいまの彼女と別れないの」と訊き返していた。その言葉で太ももを機嫌良く撫《な》でていた向伊の手がまた止まった。私ははっとして、「違う、そういう意味じゃなくて」と付け足したが遅かった。

「それは先に別れてくれたら、こっちも別れる、みたいなこと？　熊田さん……もしかして駆け引きしようとしてる？　彼女のお父さんのことまた話さなきゃいけなくなるけど、」

向伊が上体をゆっくり起こして口を開きかけたので、私は首を振って否定しながらも思わず耳を傾けた。向伊が嘘《うそ》を吐く。その時間が自分にとって貴重だった。私は気付いていた。彼の才能。この瞬間が一番向伊らしいこと。この男の嘘には説得力が漲《みなぎ》っていた。細部もしっかり練られ丁寧だった。平凡をあえて越えない中で、それでも出してくるオリジナリティに、溜め息が出そうになった。あれから寝ている向伊の顔をこっそり何度も旅して、嘘を語るために目も鼻も口もついているのだと悟った。こんな荒唐無稽《こうとうむけい》な作り話をわざわざする人間がいるはずがない、と思えるだけの労力もちゃんと感じた。彼女の父親がどういうふうに怖いのかを、向伊はまたいくつかのエピソードを付け加えながら語った。それはヤクザが絡《から》んだ馬鹿馬《ばかば》鹿《か》しいものだったけど、彼が語るとなぜかそうは聞こえないのだ。嘘でもいい、と思わせる力すらあった。この人の嘘にならば騙されてもいいと、もし私が彼を好きだったら思ってしまっただろう。そんなに手の込んだ嘘を吐いてまで私をつなぎ止めておきたいのだと。人間は所詮《しょせん》、信じたいことを信じてしまうから。私は二年も向伊からの電話を待った。

「熊田さんが信用できなくなるかも」

私の肌の温度を確かめるようにしながら、向伊が呟《つぶや》いた。「そんなに疑われると」

「どうしたら信用してもらえるか教えて。なんでも向伊くんの言う通りにするから」

自分でも演技なのかそうじゃないのか分からなくなるほど切実な声が出た。まるで本当に向伊と恋愛をしているみたいだった。向伊が「それは俺が考えることじゃないでしょ」と言ったきり黙り込んだので、別れるってメールを彼氏に送ります、と私は自分から提案した。

向伊からの反応は返って来なかった。私は上半身だけベッドを抜け出し、テーブルに置いてあった携帯に手を伸ばした。向伊が横目で私の胸から腰の辺りをじっくり眺めているのが分かったけど、体を少しひねるような体勢で直視されるのをまぬがれ、日頃からかけてある携帯のロックを解除した。

「嫌々別れられても、全然嬉《うれ》しくないからね」

「そんなことないよ」

これ以上言いがかりをつけられないように精一杯否定すると、フーン、という意味深げな返事のあと、でもさっき熊田さん俺のビール吸ってくれなかったからなあ、と漏らした。笑っているが、分かった。冗談で言っているわけじゃない。私は携帯を脇《わき》に置くと、まだ濡《ぬ》れている枕の染みを見つめた。見透かしたように向伊が、「ひどいよね」と呟いた。「気持ちを態度で示してほしい、とか。でも無理しなくていいよ。こういうの、いままで付き合った女の人、誰もしてくれなかったから」

自嘲《じちょう》気味な表情をされた瞬間、他の女と競いたくなる気持ちが自分に湧《わ》いた。そんな気はまったくないのに、信じられなかった。するよ私、と思わず口にして、改めて向伊の毒牙《どくが》に気をつけなければと身震いした。こうやってみんな、この男の愛情ほしさに言いなりになっていくのだ。向伊は彼女の存在しか明かさなかったが、それも絶対に嘘だった。本当はもっと女がいる。

私は枕に顔を近づけた。試されていると知っていた。向伊はおそらくいつもこうやって女性をふるい分けているのだ。ここで嫌がれば、もう会わない、それだけだろう。

「え、いいよ、熊田さん。そんなことしなくて。本当に冗談だから」

向伊を無視して、染みの濃くなっている部分に口をあてた。生地ごとチュウチュウと音をたてるように吸うと、ほのかにビールの苦みを感じた。こんなのは序章だと思った。少しずつエスカレートして、そのうち床を舐《な》めさせられるかもしれない。ビールの味はとっくにしなくなっていたけど、私は口の中の水分が全部なくなっても布を吸い続けた。向伊が私の頭を撫でるように掌《てのひら》を押し付けてきたせいで、ゆっくりと鼻が枕に沈み込んで、少しずつ窒息していきそうになった。

それでも、あの向伊の本心を勘ぐり続けていたこないだまでの苦しみに比べれば、いまのほうが遥《はる》かにマシだった。しばらくして顔をあげると、向伊は「感動した」

と声を潤《うる》ませ、私の頭を抱きしめるように抱えた。

私を三年目でやっと落ちた女だと、自分からしつこくホテルに連れて行ってくれと頼み込むほど夢中になっていると、向伊が誤解してくれますように。腕の中で私は祈った。あの晩、私がどんなふうに追いつめられて、廃ホテルのカウンターで下着をおろしたのか、向伊に想像できるはずもないのだ。初めて自分たちがまったく違う人間でよかったと思えた。

向伊が私の頭を離し、脇に落ちていた携帯を手に取った。「はい」と差し出され、それを受け取った私はメールの作成に取りかかった。

向伊の誤解は、私がずっとずっと待っていたチャンスだ。〈いきなりでごめんなさい。好きな人ができてしまったので、もう会わないほうがいいと思います〉。三年目で初めて手にしたものだ。〈悪いのは自分です。いろいろ助けてもらったのに、こんな別れ方は最低だと分かっています〉。だから、私は決めた。もし地獄に戻るときがきても、私は伸ばした手で向伊のシャツを掴《つか》み、そのまま奈落《ならく》の底へ一緒に引きずり込まれよう。〈あなたをこれ以上傷つけたくありません〉。もしシャツが破れても、私は最後の一息をするように地上へ浮上し、今度は両腕で永遠の想《おも》いが成《じょう》就《じゅ》するみたいに抱きしめて、二人の重みで沈んでいこう。〈もっと大人で、あなたを幸せにできる人がいると思います。いままでありがとう〉。二十三歳になったあとの私はその抱きしめて沈んだ感触を、たまに思い出すことがあるかもしれない。地上を見上げながら。

メールを読み返したあと、最後の〈ありがとう〉を〈本当にありがとう〉に修正してから、向伊に読ませた。漫画を胸の上に載せたまま向伊が「本当に好きだったの？」と質問してきたので、私はどう答えるのがいいだろうと迷いながら「別に好きじゃなかったよ」と返した。

「ごまかさなくていいよ。好きじゃなかったら付き合わないでしょ」

好きじゃない男と別れるより、自分のために好きだった男と別れるほうが向伊は興奮するのかもしれなかった。私は黙り込んだ。その姿を見て、向伊の目の奥が嬉しがっているのを見逃さなかった。どっちにしろ原でよかったのだ。本当にどうしようもなかった夜に、初めての相手にして、げえげえ泣きながらあそこを洗ったのを忘れない。

気付くと、向伊が携帯を勝手にいじり出していた。

「え、何ッ？」

大声を出すと、これじゃ相手が熊田さんのこと吹っ切れられないかもしれないから、と向伊の指は流れるように動き続けて、あっという間に新しいメールを完成させた。これぐらい書かないと可哀想《かわいそう》だよ。ベッドに放られた携帯を拾って、私はすばやく目を通した。私のと同じ内容が、同じ内容とは思えないほど下品で露骨な言葉で書かれていた。

私が思わず視線を向けると、向伊は「それぐらいのほうがなんだかんだいいんだよ」と言った。

「なんだかんだいいってどういう意味？」

「ここまでいくと、さすがにヨリ戻そうって気にならないでしょ？　細かいこと聞く気もうせるし」

「でも……」

「熊田さん、私が悪いんですっていう女のほうがタチ悪いと思わない？」

向伊の言っていることは正しかった。というより、私のなるべくいい人だと思われて終わりたい、というわずかな気持ちを見逃さなかったのだ。うまくやらない限り、いつかいろいろなことがばれてしまうだろう。

好きなほうのメール、送っていいからね。向伊は最後に優しく言い添えた。時間が経《た》ってから「そういえばあれ、どっち送ったの？」と空々しく聞かれたので、私は「あなたのだよ」と教えた。送信履歴を見せると、向伊は画面を確認し、納得したらしかった。

家で夕飯を食べ終わった頃、原からメールが届いた。

とにかく会って話がしたいという内容で、向伊に報告すると「未練がましいね」と顔をしかめた。その表情を見て私はなぜか考えるよりも先に、あなたとコソコソしたくないからちゃんと別れたい、と訴えていた。向伊があの、白目を肉の中に隠し込んでしまう眼差《まなざ》しでじっと見てきた。俯《うつむ》いてしまわないように気をつけながら、あんな男のことであなたと変な感じになりたくないし、と付け加えた。

好きな男に嫌われたくない一心、というふうにちゃんと見えているかどうか不安だった。好きな男なんてできたことがないから正解が分からない。でもこの機会をうまく使えば、向伊の信頼をもっと揺るぎなく勝ち取れるかもしれない。向伊は猜《さい》疑《ぎ》心《しん》の強い男だ。また疑われるたび、ああして何かを口に含んだり、舐めさせられたりするのは避けたかった。

眼球に力を込めたら少しだけ涙を浮かべることができたので、ちゃんと別れるからまだ東京へは帰らないでほしい、と頼み込んだ。それは嘘じゃなかった。私は向伊の目の奥を覗《のぞ》き込んだ。

しばらくしてようやく向伊から、そんなに熊田さんが言うなら好きにすればいいよ、と許可がおりた。そのあとやけに、会って結局ヨリが戻るんじゃないの、と疑われたけど、それはきっと自分が別れ話をしてきた女と簡単にヨリを戻せるからだろう。もしくは嫉妬《しっと》されることに、女が喜びを味わうと知っているから。そんなつもりはないと繰り返したあと、私はさりげなく自分から切り出した。だったら一緒についてきてくれれば、私も安心かもしれない。向伊が意外そうな顔をしてから、「いいよ」と言った。


お風呂《ふろ》から上がって冷蔵庫を開けているところに、いつのまにかリビングに立っていた母親から声を掛けられた。ねえ向伊くんっていつまでこっちにいるつもりなの？　さあ、と私は背中を向けたまま返事をして、それから流しにあったグラスを手に取って、まだ大学はどうにかなるらしいよ、と言った。流しは三年前にシステムキッチンに改装してあったので、自然と母親と対面する形になった。今日は自分の家に帰ったんだね。うん。向伊くんはそんなにうちが気に入ったのかね。そうね、古い家が珍しいみたい。そんなに広くないけどお屋敷みたいだって。そんな、大袈《おおげ》裟《さ》。でもうちが熊田の本家だって教えたらおもしろがってたよ。一族に本家とか分家とかあることも知らなかったんだって。まあ知らない人が聞いたらややこしいからね、うちは。

私はペットボトルを目の高さまで持ち上げて、おばあちゃんまた勝手に飲んだのかな、と中身を揺らした。母親はそれには答えず、向伊の親御さんはうちに入り浸りで心配してないかどうかを尋ねてきた。すっかり親しくなってご飯まで振る舞っておきながら本人には直接訊《き》けないのだ。二十一歳だよ、普通自由だよ。そう言ったあとなんとなく間があいて、私と母親の目があった。食卓の向こうで、母親は猫を抱いていて、私はペットボトルを掲げた格好のままだった。お互い自分の代わりに闘わせる相手はこれだ、と見せ合っているみたいで、なぜかどちらも動こうとしなかった。私はさっきの向伊を思い出しながら、そっと目の周りの肉で白目を埋めるようにしてみた。顎《あご》も不自然すれすれまでひいた。母親の猫を抱く手が、わずかに強《こわ》ばったのが分かった。でもいままでいい子だった私がそんな般若《はんにゃ》みたいな顔をするわけがないと思ったのか、向伊くんのこと、お母さんは嫌いじゃない、と母親は機嫌を取るように言い出した。あの子は付き合ってる女の子の親にきちんと挨拶《あいさつ》のできる子だから。私も少し迷ったあと気付かれないように顔を戻して、そんなふうに言ってもらえるのが意外だったこと、誰かと付き合うなんて、一生反対されると思っていたことを告げた。蛍光灯が明るくて分かりにくかったけど、母親の目に悲しみが宿った気がした。ジュースに氷入れてあげようか、と猫を腕から解放した母親は、冷蔵庫の前まで移動した。引き出される製氷機の中の氷がぶつかり合う音を聞きながら、父親をごまかしてまで向伊の存在に目をつぶる理由はなんだろう、と考えた。たぶん目の届くところに私たちがいて安心するのと、娘に一度くらい好きに恋愛経験をさせてあげたいから、だろう。いつか私の足を引きずり込むために使われる手が、グラスに氷を入れてくれた。

四日ぶりに一人で寝るベッドで、思いきり手足を広げた。

本当に関節が外れて胴体から手足がちぎれるんじゃないかと思うほど、思いきりだった。横向きに体勢を変えると、カバーを取り替えてないもう一つの枕《まくら》から向伊の頭皮の匂《にお》いがした。腋《わき》の匂いがフェロモンなんだとしたら、頭皮の匂いはその人の遺伝子を一番煮詰めた匂いだと思う。自分の髪の毛に手を入れて、鱗《うろこ》を剝《は》がすみたいに頭を掻《か》いた。抜いた指の爪先《つまさき》を調べると、うっすら黄ばんだ透明のカスが挟まっていて、それを鼻まで持っていった。向伊の頭皮と、私の頭皮。思ったより差はなかった。それを嗅《か》いでいたら、結局私たちは同じなんじゃないかと錯覚しそうになったのでやめた。

嘘《うそ》について考えた。私は今日いくつの嘘を吐《つ》いたか。このままいつまで貫き通すつもりなのか。もし死ぬまで騙《だま》しおおせることができたら、私は本当に向伊を好きになっているのと変わらないのだ。そう思うと不思議な気がした。でも嘘は嘘であってこそ意味があった。「いかに騙すか」ということよりも「いかにばらすか」というほうが本当は重要なのかもしれない。向伊も同類なら知っているはずだった。嘘をばらす瞬間、軽蔑《けいべつ》に混じって人の目に浮かぶ、尊敬のこと。

もう一度仰向《あおむ》けになりながら、わたしはまたあの般若みたいな顔を一人でしてみた。してから、ああこの顔は私が向伊を裏切るときの表情にぴったりかもしれない、と思った。私が人間じゃなく、鬼になったときの顔にはこれを採用しよう。一年前に打った向伊へのメールを消去したあと、私は一言一句それを復元して、幾度となく読み返していた。特に後半の〈あはは。あはははは。あはははははは。忘れないで下さい。これから私達がどんな関係になろうと、〉の部分。私は人生で一度だけ地獄でも生きていけそうなものになる。鬼。それが私の人生でたった一度だけ訪れる、光り輝くときだ。きっとそのことは死ぬまで誰にも打ち明けない。でも鬼としてでも〈生きた〉人生と、そうでない人生は意味が何もかも違うのだ。あの向伊を相手にして、私が最後の最後で欺《あざむ》くところを思い描いて、眠った。

話し合いは国道沿いのファミレスがいい、と提案したのは向伊だった。しかもまだ別れてもまた付きまとうかもしれないから、どうせだったら少し作り込んでもう絶対に手を出して来ないようにしよう、と細かく行き届いた指示を出した。私が何か言いたげな顔をするたび、向伊はその反応をさりげなく観察するので、やっぱりこれは私の忠誠心を試すテストということで間違いなさそうだった。

当日、向伊に言われた通りに窓際《まどぎわ》のテーブルで原を待った。ランチの時間だと混んでいるだろうからと指定した約束の二時半に原は顔面蒼白《そうはく》で現れた。足取りだけ見れば悠然としている。でも昨日一晩寝てないんじゃないかと思うほど弱々しい笑顔と憂《うれ》い顔の中間で、黙ったまま目の前に座った。指を絡《から》ませ、重々しい形で両手をテーブルの上に置いた姿は、これから審判を下す人か、判決を受ける人の物真似《ものまね》みたいだった。

彼から口を開くつもりは一切なさそうだった。しばらく待って、しょうがないので唇を舌で湿らせてから、私はおそるおそる話しかけた。中途半端《はんぱ》な時間にすみませんでした。うん、と短い返事をした原は、その前に注文だけさせてくれない、とメニューに手を伸ばした。目に入っているのかどうか分からないけど、ページを捲《めく》っていく原の顔から上だけ見ていると、図書館で調べものをしているかのように冷静な様子だった。なんの前触れもなく罵倒《ばとう》と恨み言に近いメールを送られた人間の態度じゃない。でも私にはそれさえも、彼が精一杯自分が優位に立とうとしているのだと、責め立てないことで私の非を煽《あお》っているのだとしか感じられなかった。

それ、押してくれる？　と無表情で言われて私はテーブルの上のスイッチに指を載せた。水を持ってきたウェイトレスにコーヒーを注文して、原はメニューを元あった場所に戻した。

で？　会って話がしたいと返信してきたのは自分なのに、まるで私にしか発言すべきことがないとでも言うように、原が細くて長い溜《た》め息《いき》を吐いた。手はまたあの重々しい形に戻っている。なんの落ち度もないのに事故に巻き込まれてしまったという態度で一貫するつもりなのだろうか。実際、原は巻き込まれた被害者だった。でもその姿を見ていると、さっきまで私の中にあった申し訳ないという気持ちが急速に霧になって消えてしまった。

私はどのくらい原が腹を立てているのか読み取れないまま、昨日向伊に事細かく指示された通り、喋《しゃべ》り出した。

「原さんと付き合っているのが、ずっと苦痛でした」

無表情を装《よそお》った原の眉毛《まゆげ》が確かに動いた。

「これでも我慢してました。私は……家の込み入った事情のせいで、小さい頃から自分のことが嫌いで、嫌いでどうしようもなくて……その気持ちは短大に入っても消えなくて……」

熊田の家の大体の事情を感じ取っているだろう原は、ふうん、と呟《つぶや》いただけだった。

「原さんと付き合うようになって正直、ああ、これで自分も普通の人みたいに幸せになれるかなあって思ったんです。でも、駄目でした」

私は言葉を区切り、この先を言おうか言うまいか迷った芝居を入れた。向伊からそうするように、指示が出ていたからだ。向伊のこの手の演技指導は繊細とも言えるほどだった。意を決した表情を作って、先を続けた。

「こないだ眠ってる原さんの顔を見たら、原さんがすごく安心した感じで寝てて、そこからもう、なんか私、駄目になっちゃったんです」

「駄目になっちゃったってどういう意味？」

「あんまりにも安心してて、安堵《あんど》感《かん》に溢《あふ》れているのが……気に食わなかったんです」

「気に食わなかったって。どういう意味。どうして俺が安心してると駄目なの」

「分かりません」

「分かりませんって」

「うまく言えないけど、とにかく気に食わなかったんです。原さんと普通に付き合おうとしたけど……よく私のこと好きだと思えますね。たぶん原さんが私を愛してくれればくれるほど、」

言いながら苦しくなってきた。愛という言葉や言い回しすべて、向伊に教えられた通りだった。いままで好きとすら言ったことのなかった舌が抵抗して、もつれそうだった。でも言わなければいけない。向伊がそれを聞きたがっているから。

原と会うと決まったあと、向伊は私が原にどういう感情を持っているのか、入念に聞き出した。別れるためには、まるっきり嘘を並べるより多少真実が入っていたほうが熊田さんも喋りやすいでしょ？　とまるで私のために考えているかのごとく、話を肉付けしていった。

私は迷いつつも、原のことを話した。

信頼を得るためには誰にも教えたことのない心情を打ち明けるしかないと思った。なかでも向伊が気に入ったのは、私が自罰的な意味で原と付き合ったという部分だった。向伊に出会ったあとから付き合うことにした流れは隠しおおせることができたけど、なんのために自分自身に罰を与えようと思ったのかという疑問を持たれはしないかと、説明する舌から唾《つば》がひからびていった。その渇きに気付かれる前に、処女も原にあげてしまったときのエピソードをばらまいて、興味を分散させた。

向伊のことが知りたくて、向伊がどういう嘘を吐くのか知りたくて、私は情報を与えた。原は五歳しか変わらないくせに自分を大人の男だと強調したくてたまらない人間だよ。原は、沼みたいに人を嵌《は》めていく男だよ。

どうやってあの口汚く罵《ののし》ったメールのつじつまを合わせるつもりなのだろうと思っていた。

「寝ている顔を見たら、安心しすぎていて気に食わなくなったと言い通せばいい」と向伊に教えられたとき、私の中に激しい嫉妬と、尊敬が生まれそうになった。そんな本当みたいな嘘、思いつきもしなかった。

待って。それまでずっと黙っていた原が、全体の状況を摑《つか》んだらしく、テーブルに注いでいた目線をゆっくり私のほうへ上げた。そのもったいぶったスピードが、反撃を開始するという宣言だった。沼のような嵌め方が始まるのだ。じゃあつまり、熊田を好きになる俺のことが許せないってこと？　熊田をちゃんと受け入れたせいで、こんなひどいメールをもらう状態になってるってこと？　そうだという意味を込めて、私は頷《うなず》いた。全部あなたのせいだよ。

また溜め息を吐いてみせた原は「熊田」と、あえて私を名字で呼んだ。この男は常にそうだった。女を丁寧に呼び捨てにする関係が好きなのだ。

「自分の言ってることがおかしすぎるってことくらいは分かるよな？」

私は返事をしなかった。代わりに原と背中合わせのように、一つ向こうのテーブルに座っている向伊の後頭部を確認した。一度も振り返らないが、私たちの会話に耳をそばだてているはずだった。

「いまここで俺と別れたとして、それで熊田は幸せになれるの？」

私の視線が自分に向けられたものだと誤解したらしい原が、コーヒーをカップに戻しながら優しい口調で問いかけてきた。誰にでも過《あやま》ちはある、自分はそれを認められるだけの人間だみたいなことを言いたいんだろう。

「その熊田が苦しんでることは、本当に俺と別れることでしか解決しない？」

〈別れなくても解決します〉。もうすでに言ってほしい答えは出ているのに、あえて私自身に考えさせることで、自分の力でそこに辿《たど》り着いてもらおうとしている。

「別れることでしか解決しないと思います」

原が私の頑《かたく》なな態度に苛《いら》つきを覚えたのが分かった。

「熊田。じゃあお前はこれからずっと誰のことも好きにならないで生きていくってこと？　お前がそれで幸せなら俺はいいけど、そうじゃないだろ？　お前の、考えなくていいようなことまで考える癖、直したほうがいいと俺は思うよ。だってそれじゃお前は自分のことをせっかく好きになってくれた人を憎まなきゃならないから、一生、孤独なままだよな。考えて。本当にそれでいい？」

本当に本当のことを言ってしまいそうになった。考えるも何も、私はあなたの人間性がどうしても駄目なだけです。気持ち悪いだけ。でもそれを言ってしまうと、向伊が用意したすべてが無駄になってしまうから、私は涙をつまらせたふうを装って俯《うつむ》けた顔を横に振った。お前は辛《つら》い子なんだよな？　と聞かれたので、なんでこんなに辛いのか分からない、と答えた。自分でもしっくりきてしまいそうなほど気の利《き》いたアドリブだった。

ふわっと頭が包み込まれる感触がして、一瞬そのままどつかれてテーブルにめり込まされる恐怖に襲われた。でもそうじゃなくて原がわざわざ腰を浮かせてまで私を撫《な》でているのだと分かった。なんでそんなに辛いんだろうなあ。そう呟く原の声に、悲しみや同情以外のものが混じっていることに私は一生懸命目を瞑《つむ》った。

いつまでこうして人前で頭を撫でられていればいいのか分からなくなって、私は少しずつ首を前に突き出し、背骨を丸めていった。傍から見ると、原の手の中に頭が吸い込まれている最中みたいにしたかった。みんなが私たちを見物している気がした。向伊はいつまでも現れなかった。もしかしたらもうどこにもいないのかもしれない、私を置いて出て行ったのかもしれない。原はまるで自分がなんのために生まれてきたのか知ってしまった人みたいに、私の頭を撫で続けた。人の掌《てのひら》がどんどん頭頂部をじんわりぬくもらせていって、私はパニックになりかけた。こんな場所で、いつまで自分の冷たさと向き合わなければいけないんだろう。頭をあげて向こうのテーブルを確認したかったけど、その視線の先で向伊が私を見つめていたら終わりだ。疑われたことに、彼は一瞬にして気付くし、おそらくいまもそれを試すためのテストなのだ。向伊は原をいたぶるついでに、私がどこまで服従するか知ろうとしている。帰っていない、あの人はそこに、ずっといる。集中した。おでこはもうすぐテーブルについてしまいそうだった。

「何してるんですか」

声が降り注いだ。ようやく私の忠誠心が認めてもらえたのだ。慌《あわ》てたふりを装って原の掌をすばやく払いのけた私は、向伊を見上げて「ごめん」と言った。疑ってしまってごめんなさい、の意味ではなかった。「やっぱり私、この人とは別れられない」

潤《うる》んだ私の瞳《ひとみ》をねっとりとした眼差《まなざ》しで捉《とら》えながら、向伊は「それじゃ約束が違うじゃないですか」と動揺した素振りを見せた。原が、私と向伊のあいだに流れる濃密な空気を感じ取って「熊田、俺にも説明してくれる？」とあくまで淡々とした態度でコーヒーに手を伸ばした。私と突然現れた男に何か予定外の事態が起こった気配も察しただろう。自分のほうに形勢が傾きつつあることを、この短いあいだにも確信したに違いない。

でも私たちは、あえて彼の言葉が聞こえないふりをした。

向伊が、原みたいな男が無視されるところを見たいと言ったからだ。

え、熊田さん、やっぱり別れられないってどういうこと？　ごめんね。いや、ごめんねじゃなくて。だって……いまの見てたでしょ。見てたけど、もしかして頭撫でられて気持ちが変わったとか、そういうこと言ってんの、嘘だよね。向伊くんは東京の人だから全然知らない世界の人に見えて憧《あこが》れたけど……でもやっぱり私のことは原さんしか分からないんだよ。私の言葉が通じてるって思えるの、原さんだけだよ。

向伊が原のことを見つめ、「……そうなんですか」と悔しげに尋ねた。芝居がかりすぎじゃないだろうか、と私は内心気が気じゃなかった。でも向伊は堂々と続けた。やっぱり熊田さんにとって原さんは、そういう存在なんですね。質問が無視されていた原はこれ以上、同じ恥をかきたくないと思ったのか、啜《すす》っていたコーヒーをゆっくりソーサーに戻しながら、俺も事態が完全に飲み込めたわけじゃないけど、と口を開いた。飲み込めたわけじゃないけど、確かに彼女は君の手に負えるような子じゃないかもね。

向伊の唇が白っぽく変色した。せわしなく目の表情を変える、その複雑な横顔は交錯する気持ちをうまく表していた。どこに憤《いきどお》りをぶつけていいか分からない、でも結局自分がこの二人の絆《きずな》に割って入れるだけの人間じゃなかった、戦意を喪失し、最終的におとなしく私の隣に腰かける向伊に、原はなんの疑問も抱かなかったみたいだった。

「君も何か注文する？」

原は長い指をスイッチに絡《から》めて訊《き》いた。そこまでして優位に立ちたいものだろうか。

「あ、はい。ありがとうございます」

項垂《うなだ》れたまま向伊は、声に感動を滲《にじ》ませた。〈こんな心の広い人間に会ったことがない〉のだ。隣でずっと泣いたふりをしながら、私は私で体が震えそうだった。どうしてここまで初対面の人間の心につけ込むことができるんだろう。

向伊は私からの話だけで、原がどういう人間になりたいかを見抜いた。ほとんど一瞬で、あの用心深い原を油断させた。きっと原はそれだけ女に「この人じゃなきゃ私のことは分からない」と言われたかったのだ。現に原は完全に、向伊の牙《きば》を抜いた気になっている。いまにも舎弟になりそうな勢いで、向伊は「本当にすみませんでした」と何度も頭を下げ、原自らに「もういいよ」と許す姿勢を示させていた。

あの神経質でナルシスティックな男が、器の大きな人間にさえ見える。さっきまでの顔色の悪さも消え、原が、どんどん悦に入っているのが分かった。

「熊田、俺もお前のことをちゃんと分かってあげられてなかったから、今回のことはあとでよく話し合おう。だけど、これだけは約束してほしい。もう二度とこんなことしないって言える？」

うん。私も向伊の真似《まね》をして、声を喉《のど》の奥に詰まらせた。〈こんなに自分を理解してくれて、こんなに寛容な人は他にいなかったから〉。喜びに満ちていく目つきを必死で隠そうとする原の膨らむ鼻の穴を見て、そのとき初めて同情というものをした。まるで奥出たち三人の酒の席に呼び出された自分を見ているようだった。そうして実際、いまから私の役目は、あのときの奥出たちと同じなのだ。

向伊の視線が自分に向けられていた。一瞬、何もかもが頭の中から吹き飛んでしまいそうだった。慌てて表情を曇らせて何も読み取らせまいとした私に、向伊は突然「あのメールのこと、話していいよ」と話を振ってきた。そんな話は打ち合わせになかった。いまから私は向伊に調子をあわせていけばいいはずだった。戸惑う私に、もう一度「いいよ」と向伊は繰り返した。そこには「話したくないなら別に話さなくてもいいよ」という意味もあったが、〈気持ちは態度で示さなければならない〉と私は悟った。

自分から向伊に同席を頼んだのは原とちゃんと別れるところを見せつけようと思

ったからだ。でもそれだけでは足りなかったのだ。自分の甘さをどれだけ後悔してもしたりない。

私の豹変《ひょうへん》に原は気付いたみたいだった。

私は向伊になりきろうとした。枕《まくら》の匂《にお》いを思い出した。二人の頭皮の匂いは同じ。ゆっくりと、原と寝ることがどれだけ罰になると思っていたかを告白し、最後は聞き取れないほどの速さで、自分の吐き出せる、思いつく限りの暴言を浴びせた。人にこんなふうな口を利くのは初めてで、声が何度も上擦りそうになった。本当に私が喋っているのか実感もなかった。これは本当に自分？　言葉で人は死なないんだろうか、という疑問が頭の中を支配したけど、そこから先に思考が進まなかった。さっきまで「私を許す」と言っていた原が、気付くと顔をあげなくなっていた。向伊が隣で笑っていたので、一緒に笑った。これで私も向伊と同じになった。人を侮辱して笑うと、こんなふうに鳥肌が立つのだ。初めて知った。私はもともと原を憎んでいた。でも原は私を好きになってくれた人だった。私がこんな男に好きになられる程度の自分は嫌だと思っただけで、原は何も悪くなかった。何も。

帰り道、泣いている私を向伊は優しく抱きしめたあと、もっと時間をかけて弄《もてあそ》んだほうがよかったよ、と咎《とが》めた。

ある日、彼女は家の納屋《なや》で、たまたま一人の男を見つける。まったく知らない男の人。その男の人は肩にひどい傷を負っているみたいで、彼女は家から道具を持ってきて、その傷を治療してやる。

動けるようになった男はお礼に彼女に、すべての血を絶やしてもいい、と言う。そんなこといきなり言われても彼女は驚くだけだ。なぜ、と理由を訊く。すると、男はまるで見てきたかのように、まだ生まれてもいない彼女の子孫がいずれ二つの家族に分かれ、血で血を洗う抗争を全員がいなくなるまで繰り返す、と教えてくれる。初めは彼女も信じられない。まだ結婚もしていないのだ。それなのに子供を生まなくてもいいなんて。でも男の肩を見ると、あんなにひどい傷だったのに、白くてなめらかな皮膚に変わっている。名前を訊くと「傷がみるみる治る男」と笑う。その表情が穏やかで、彼女は少し信じてみようか、という気持ちになる。でもまだ疑いは消えていない。

男は立ち上がって、彼女をどこかに連れて行く。するとそこでは確かに彼の教えてくれた通り、子孫たちは生まれてこなかったほうがマシだ、というくらいお互いを憎みあっている。しばらくそのむごさを眺めたあと、彼女は静かに納得する。私は一生独りでいなければいけないね。男の人はそれが決して彼女の本意ではないと分かっているから、目を伏せる。でも仕方ないのだ。誰かが血を絶やさない限り、みんなが殺し合ってしまう。

家に戻ったとき、家族と親戚《しんせき》が仏間に集まっていて、口々に「ありがとう」「ありがとう」と彼女の勇気に感謝する。本当はみんな子孫の末路を知っていたのに、誰もその役目を引き受けなかったのだ。彼女の中に結婚しても子供を作らないという選択肢はない。きっとその相手が親に責められてしまうから。その場にいる全員が、彼女のこれからの人生を想像して泣く。彼女も泣く。厳しい家でそもそも弱音を吐くことすら普段は許されないけど、さすがに彼女の父親も何も言わない。全員で一晩泣きはらした朝、親戚の誰かがぽつりとこう言う。でもこのことは秘密にしないかと。みんな何も言わないが、黙っているということは頷《うなず》いているのと同じだ。未来を知っているなんて話が広まったら、近所で笑いものにされてしまう。

彼女はまた静かに納得する。分かった、私が受け継がれてきた血の大事さを理解できなかったことにするよ。みんなは思い思いの顔をしてみせたあと、じゃあ頼むわねそろそろ会社や学校の時間だから、と立ち上がる。最後に金輪際、この話は身内でも絶対にしないと約束しあう。辛いけど、いつか親族として彼女を責める側に立つことを詫《わ》びる。でも心の中では死ぬまで応援する、と言う。

彼女は帰っていくみんなに手を振って、それから周囲の誰にも勘づかれないために、あまり喋《しゃべ》らないもの静かな女の子として振る舞い続ける。中身がないと、からかわれて笑われることもあるけど、それは彼女の素晴らしい勇気が光を浴びることがないからだ。やがて家族や親戚も、彼女がみんなのために受け入れた役目のことを、忘れ切ってしまうだろう。何もかも。

向伊が私にあまり嘘《うそ》を吐《つ》かなくなった。

吐いても最初の鮮烈さや緻密《ちみつ》さやオリジナリティに比べると雑で、別にいつバレてもいいと安心しきっている気持ちが手に取れそうだった。ついに油断し始めたのだと思うと同時に、もうお前に労力は割かないと言われているようで、胸から無理やり薄い膜を剝《は》がされるような気分を味わった。こうなると、どこかで分かっていた。いつだって予想のできない苦しみが私を待ち受けているのだ。それはもしかしたら待ち受けているんじゃなく、私自身が生み出しているのかもしれない。私は息を吸って、苦しみを吐いているのかもしれない。だとしたら私を笑う向伊は正しいのかもしれない。

お正月の連休が終わって、トラックの運転手に自分が行ったこともない地名をあちこち指示しながら、そのうち私は二つの夢想をするようになった。一つは相変わらず鬼になること。もう一つはまだもやもやしていたけど、でも向伊がもう一度、しびれるような渾身《こんしん》の嘘を吐いて私を騙《だま》すことのような気がした。

向伊が、本当は私の他にも二番目の女が五人いる、と訊いてもないのに白状してきた。両親の目を盗んで昼間、二人で風呂《ふろ》に入っているときのことで、音がしないようにシャンプーを泡立てていた私は思わず湯船の中の向伊を見た。

「嫌……」

とっさに嫌悪感《けんおかん》を表すと、向伊は「嫌でも事実」となぜか教師のような口調で言い切った。「熊田さんには現実を受け入れるだけの強さがあると思ったから。こんなこと、普通言えない」

湯を覗《のぞ》き込むような体勢のせいで表情は見えなかったが、向伊は特に悪びれておらず、私がそのことを苦しみながらも受け入れるだろう、と確信しているみたいだった。頭の中の整理がつかず止まっていると、「ほら。そんなことより」と促され、私は再び頭に手をやってシャンプーを泡立てた。

「どうしてそんなことわざわざ言ったの……？」

「熊田さんに嘘は吐きたくなかったから」

指を動かしているうちにまるで頭を掻《か》きむしっているみたいな気分になった。こういうときはどう反応するのが正しい？　怒ればいい？　泣けばいい？　すがる？　どの感情でも不自然じゃない気がしたけど、私が何か口を開きかけるたび、向伊は頭の泡をすすぎ落とすよう指示を出し、体を隅々まで擦《こす》るよう執拗《しつよう》に命じた。

「足の指もちゃんと一本一本洗ったほうがいいよ」

親に見つかるわけにいかないので言い返すこともできず、黙々と徹底的に体の汚れを落としているうちに、向伊への感情が爆発するだけの勢いを失っていた。ようやく許されて一緒に湯船に浸《つ》かった。お湯が熱いのか冷たいのかしばらく分からなかった。それだけ長時間、湯船に入れてもらえず冷えていたということだ。

「やっぱり熊田さんは取り乱したりしないね」

背後の向伊が、私の両肩にお湯を労《いたわ》るように浴びせながら声を潜めた。

なぜいきなり母親に隠れて風呂に入ろうと誘われたのか分かった気がした。もしこういうことが毎日続いたら、向伊に歯向かおうという意思自体どんどん小さくなっていくのかもしれない。他愛《たわい》ないことを向伊は背後から抱きしめるように囁《ささや》いていた。うちの母親がご飯を一合多く炊《た》くようになったと今日話していた、こと。少しして、

「熊田さん、大事な話があるんだけど」

と改まった声を出されたとき、女が他に五人いる告白は大事な話に含まれていなかったのかと愕然《がくぜん》とした。でもそれは向伊の、久しぶりのシリアスな声色だった。嘘を吐くのかもしれない。芸術的な嘘。咄嗟《とっさ》に期待してしまったことを悟られないように私は「はい」と返事した。自分の甘い声が浴室に響いた気がする。向伊には、またいつのまにか敬語を織り交ぜて話すようになっていた。

さすがにそろそろ東京に戻らないといけないんだよね、と切り出された。

私の体から絶望の気配が滲み出しているんだろう。向伊はかすかに笑った。

ずいぶんお世話になったけど、大学には、行かなきゃいけないから。

いつですか、と私は呟《つぶや》いた。思ったより私の反応が冷静で気に食わなかったのか、向伊は「それを熊田さんと話し合って決めないと。明日ってわけにもいかないでしょ、だって」と不服げな声を出した。「熊田さん次第だよ」

「明日？」私は俯《うつむ》け気味だった顔を跳ね上げた。演技じゃなかった。「じゃあ話し合い次第では明日なんですか？」

「熊田さんに出て行けって言われたらそうするしかない」

「出て行けなんて言ってない」

「だってさっき、なんとなくほっとしてた感じだったから……」

「してない。するわけない、そんな」

「じゃあ出て行ってほしくないってこと？」

「うん」

「でもそしたら俺、この家に住んでるみたいになっちゃうからな。迷惑だと思うよ、熊田さんはよくても他の家族は」

向伊がこれから何を導き出そうとしているのか分からなかった。でもこの会話がどこかに辿《たど》り着こうとしていることだけは、いままで向伊をずっと見ていて感じることができた。どこに。なんで急に。心臓の鼓動が速くなるのはどうしようもなかった。家族、という言葉を出された瞬間、喉に融《と》けた鉛を流し込まれたような気がした。それでも引き止めないわけにはいかなかった。

「家族は……私が説得するので大丈夫。お母さんは向伊くんのこと気に入ってるし」

「ああ、あれはいずれ俺たちが別れると思ってるからでしょ。俺みたいな男のこと、絶対認めてるはずないし」

何も言えなかった。私もそう思っていたから。その気まずさを向伊は見逃さずに、「でもどうせ説得するなら別の方向から攻めたらいいかもね」と耳元で提案してきた。私はまた一歩どこかに踏み込んでしまうと知りながら「別の？」と尋ねた。

俺をこの家に残したいって説得するより、熊田さんが東京に出て行きたいってごねたほうがまだ脈はあると思うんだけど。私が東京に行くの、向伊くんと一緒に？そう。絶対無理だよ。なんで？　なんでも何も前に説明したでしょ、私の……。大学に行かせたと思ってあと一年って言えばいいんだって、一年だけならなんとかなるでしょ。だって一年だけ東京に行ってどうするの、またすぐ戻ってこなきゃいけないいんだよね。だからそれは一年したら、また別の理由を作ればいいんだって。でも……それは向伊くんにとってなんの得があるの？　え、だから一緒に住もうよ、彼女とは別れるから。

ようやく向伊の魂胆がうっすら分かった。うちから金を引き出そうとしているのだ。

向伊の濡《ぬ》れた手が、私の肩にそっと置かれた。彼女と別れるという言葉に喜んで声も出ないと思っているのかもしれなかった。私は風呂にもっと深く浸かるふりをして、その手をゆっくりお湯に浮かせた。原のことが思い浮かんだ。突然。笑われているときの原。ひどいことをしたと思っていた。でもそれは思っていただけだった。ただの想像だった。いまなら分かる。あのファミレスで笑ったとき、原からもこの音が聞こえたから。人が傷を負っていくときには音が聞こえるのだ。心が壊れる音。ごめんね。ごめんね。ごめんね。気付くと、私は心の中で原に謝り続けていた。本当にごめんね。本当に本当に本当に本当にごめんなさい。

足りなかった。それくらい私の受けた傷もひどかったから。私も誰かにこんなふうに謝ってほしかった。

自分は原とは違うと思っていた。私はもう少し扱いが上なのだと信じ込んでいた。下だったなんて、金を引き出すために騙してもいいと思われる程度の存在だったなんて、いまのいままで知らなかった。たとえ演じている私でも、向伊には人間の本当の姿を見抜く力があると思っていたから。

「お風呂入ってるの？　こんな時間に？」

母親が窺《うかが》うような気配で声をかけてきたとき、私の腰を、背後で息を潜めた向伊が緊張した様子で押さえつけた。

「うん。入ってる」

「なんで電気つけないの。つける？」

「いい。まだ明るいから」

もしすべてを打ち明けたら向伊はどうするのだろう。私が親を騙してまで東京についてくるとどれくらい確信しているんだろう。そんなことより。もう少しマシな理由がよかった、と私は思った。お金目当てに近づかれたなんてこの世で一番恥ずかしい理由、誰にも言えない。恥ずかしくて誰にも打ち明けられない。

母親が脱衣所から出て行ったかどうかに耳を澄ませながら、私はお湯の中で手を変な形に動かした。お湯が膝下《ひざした》あたりで揺れるのを感じて、自分がいまどれくらい、心とまったく別の動きができるのか確かめた。向伊がそのことに気付いて、何その動き、おもしろいね、と言った。私はお湯の表面をなるべく波立たせず、携帯で文字を打つように指を動かした。本当は、私がいまどんな気持ちを味わっているかを思い知らせたかった。

「本当に別れてくれるの、彼女のお父さん大丈夫？　怖い人なんでしょ？」

向伊は、なんとかする、と神妙な声で頷いたあと、熊田さんの両親もなんとかするから、と背中をさすった。私が波立たせないように努力していたお湯が揺れた。まさか、また私にああいうことをさせるつもりだろうか。原を呼び出したときと同じようなことを。私だけじゃなく、私の両親まで人間扱いする気がないのだ。

指を動かして文字を打ち続けた。

〈なんだ、そうだったんだ。私も両親も人間ですらなかったんだ。人じゃないのに、お金を持っている必要はないね。だったら、お金を取ったあと、全員殺してくれた

らいいのに！〉

父親と母親が、私たちと対面する形で座るのは初めてだった。父は向伊と会うのも初めてだった。私の部屋が家の一番奥にあって顔を合わせずに済んだのと、父が最近ずっと知り合いの選挙運動の手伝いで家には寝に帰るだけだったからだ。

それでも父はすでに母から少しは向伊の存在を聞かされていたらしかった。不快な反応を示すわけでもなく、応接間のソファに腰を沈めていた。この話し合いも、私がいきなりしたいと言い出したことで向伊はたまたま巻き込まれてしまっただけという演技は、ついさっき父も母も目撃していた。

二人で同棲《どうせい》したい、と言うと父は黙り込んで何も言わなかった。その代わりに母が、東京なんていまから行ってどうするの、と横から口を挟んだ。明らかに向伊の存在に目をつぶった責任が自分にあると思って焦《あせ》っている。あんたはこっちにいなきゃ駄目でしょ、と当たり前のようにたしなめられた私はかっとなったふうを装《よそお》って、「そんなふうに言われ続けた子供が、どんな人間に育つか考えたことないの？」

と食って掛かった。「ねえ。私がどんなふうに育ったか教えてあげようか？」。父がぶちのめされたような表情で、私の顔を見た。母親も何も言えなくなり、応接間は静まり返った。沈黙は避けたかった。自分の手をじっと見ながら、もう一度私は繰り返した。自分の娘が、何に育ったか知りたい？

「たとえば、期限付きならどうですか」

向伊が口を開いた。その場の全員が救助隊員に掛けられたシャワーのように彼の言葉を呆然《ぼうぜん》と浴びた。僕もいま大学三年ですし、卒業すればこっちに帰って就職しようと思ってたので。たとえば、その一年のあいだ、とか。

父親が向伊に向きなおった。向伊が娘をそそのかした張本人なのか、自分たちの亀裂《きれつ》を埋めようとしているのか、見極めようとしている。君は娘と結婚する気があるのか、と尋ねた。あります。一瞬もひるまなかった向伊の即答に、父と母は困惑した様子だった。向伊は内心、ほくそ笑んでいるだろう。うちはこの家と土地を持っているという以外、裕福なわけじゃなかった。しがらみの多い家に婿《むこ》養子として入る条件で、私と結婚してくれる人は少ない、立派な家柄の男との結婚を条件にできる立場じゃないというところに、向伊は目をつけたのだった。まじめで誠実な男を装って、油断させるつもりに違いなかった。

お母さんにもずっと話さなきゃいけないことがあったんですけど、と向伊は言い淀《よど》んだ。合図だった。私は打ち合わせ通り、たったいまそうすることを思いついたふりをして自分の部屋から卒業アルバムを持って来た。

二人が高校時代から同級生だったことを話し、実はその頃からお互い好きだったと証明していくのは私の役割だった。両親が二人とも目が悪いことを聞き出した向伊は、すでに卒業アルバムから一番自分に面影の似た男子を探し出していて、名前のところは指をさすふりをしながら適当に隠すよう、私に命じていた。両親が手に取って確かめようとした場合は、わざと床にアルバムを落として、興奮しながらどのページか分からなくなったと責め立てろと、もしものときのことまで細かく応対の仕方が決められていた。

そんなことで本当に騙《だま》されるのだろうかと半信半疑だったが、両親はあまりにあっさり何もかも信じた。こうやって弱いものは喰われていくんだと思った。まったく何もないところから嘘《うそ》をでっちあげる人間がいるなんて、真面目《まじめ》な二人には想像もつかないんだろう。

僕が大学に入ってからも毎年こちらに帰ってくるときは会っていました。電話に一度だけ出たことのある父が、あれは君か、と唸《うな》るような声を出した。そうだよ、だから私たちは知り合ってもう五、六年で、そこらへんの付き合ってる人たちより、全然ちゃんとしてます。お父さんに挨拶《あいさつ》できてなかったのだって、お父さんが向伊くんに会おうとしなかったからでしょ。向伊くんは会いたいってちゃんとお母さんに言ってたのに。

母が顔を歪《ゆが》めたのが分かった。自分が面倒を避けて、二人を会わせないようにしていたからだ。あの母親ならきっとそうする、と向伊に見抜かれていたに違いなかった。父親の意識が初めて私たちから、隣に座る母に向けられた。

お前、そんな大事なこと俺に黙ってたのか。だって……忙しいと思ったから。忙しいから？　忙しいからって挨拶したいって言ってくれてる相手に対して失礼だと思わなかったのか。お前はいいけど、俺が彼のことを無視したと思われるだろうが。

そんなふうには誰も……ねえ、向伊くん？　母親が救われたい一心で、向伊に返事を求めた。

「ええ、そうですね」

ほら。

安心する音が録音できそうな表情だった。でもその「ほら」が、安心とは遠いものだということが私には分かっていた。母もすぐに思い出す。父が、人前でそういう態度をどれだけ許さないか。いっそ二人で激しくやりあってくれればよかった。そうすれば、少なくとも私が直接手を下さなくて済むかもしれない。

ほらって……それは、たまたま向伊くんがいい子だっただけだろう？　もし変な男で、あそこの家の父親はわざわざ会いたいって言ってるのに無視するんだとかなんとか言いふらしてみろよ。

だって、言いふらすわけないから。なんでそんなこと、向伊くんが言いふらすの？

なんでも何も、何かあってからじゃ遅いから、言ってるんだろ、という父親の声にさらに怒気が籠《こも》った。

向伊くん、私がお父さんに伝えてなかっただけなのよ。ごめんね。

「あ、はい。僕は全然大丈夫です」

そう言って向伊が背筋を伸ばした。私は話を振って誰かにすがろうとする母に、見苦しさを感じずにいられなかった。

　母親が、なんでも気にしすぎるからこの人、とわざわざ付け足した。向伊の目の前で怒られたばつの悪さをごまかそうとしたのだ。余計な一言でしかなかった。父親が、気にしすぎってなんだお前、とソファに座り直していた体勢を完全に戻した。母の、向伊に対する妙に馴《な》れ馴《な》れしい態度と、印象をよくしたいという気持ちにも気付いたに違いなかった。お前が黙ってたからこんなことになったのに、なんで俺が二人の前でそんな言われ方されなきゃいけないんだよ？

　無表情に徹しながら、私は自分の役目のことを考えた。あと三つ。お願いだから人生で一度だけ私のしたいようにさせて下さい、と頭を下げること。一年だけで絶対に帰ってくるから、と言い続けること。向伊が帰ったあと、頃合いを見計らってお金の話をすること。でもそれによって自分が結局何をしたいのか思い出せなかった。向伊との出会いからすでに二年二ヶ月が経過していたけど、高校のとき、お金なんて貸しているはずがなかった。あのとき、向伊が気まぐれにかけてきた電話にさえ出なければ、私はこんな恐ろしい思いをせずに済んだのだ。

　向伊を見た。父と母の言い争いを恍惚《こうこつ》とした表情で眺めている向伊に、ねえ、なんであなたはそんなに人をいたぶるのが好きなの、と訊《き》いた。

向伊は子供のように驚いた顔をこっちに向けて、それから、あれ、熊田さんはお化けって信じる人なんだっけ、といつか廃ホテルに行ったときにした質問と、同じ質問をした。ううん、信じない。私は首を振った。そうだよねえ。僕も信じられないんですよ。だって連続殺人鬼がお化け見たって話、全然聞かないよねぇ。

その言葉で、私は向伊がどうしてここまで人を人として扱わないのか分かった気がした。他人を侮辱し続ける向伊に罰を与えられる存在は、この世にないのだ。

向伊はいまこの瞬間、唐突に生まれた私の反逆を感じ取ったみたいだった。私は向伊を見続けた。向伊が私のことを、親を弄《もてあそ》んだくらいで正気に戻るなんてつまらない人間だと思っているのが分かった。そうじゃなかった。私にはあなたが想像しているのとはまったく違う世界が見えていて、全部話せばどれだけあなたの思い通りにならなかったのか分かって愕然《がくぜん》とする。

唇を開きかけた。熱をもったものが喉《のど》の奥からせり上がって舌が何かの形になろうとするところまではっきり感じ取ることができた。でも同時にもう一つの力が私の中に存在するのも分かった。それはなぜかさらに大きく強い力で、私の舌の膨らみを抑え込んだ。私に呼吸すらさせなかった。この小さな舌の膨らみを上げるか下げるかに、自分の大事なものがかかっている。でもそんなこと、本当は全部どうでもいいことなんじゃないだろうか。私はテレビが観《み》たいんじゃないだろうか。私はお腹《なか》が空《す》いているんじゃないだろうか。舌はぴくりとも動かなかった。まだ息を止め続けていた。開いたままの両目から涙が滴《したた》っていないのが不思議だった。

気付くと、父親が思いきり向伊を罵《ののし》っていた。母親との口論が飛び火したのだ。そもそもうちに勝手に出入りしていた向伊に対する不信感を、父親は怒りにまかせてぶつけ出した。最初に物わかりがよさそうに振る舞っていたのは、無理やり人格を偽っていたんだろう。失礼じゃないかと怒鳴られた向伊は、すいません、と何度も謝罪していたが、その下げた頭の中で父への憎悪《ぞうお》が音を立てて形になっていく様子がはっきりと分かった。頭を上げたとき、父に向けられる向伊の目の奥を想像した私の口から声にならない悲鳴が洩《も》れた。

私はあいだに入り、東京へ行きたいと言い出したのは自分の意思で、向伊は何も知らなかったことを主張した。厳しい父にここまで直接歯向かうのは初めてのことだった。取り乱した父がまた向伊に口を開きかけたので、私は唸りながら父親の腹に頭から突っ込んでいった。

「由理ぃ！」

床に情けない格好でへたり込んだ父が、唾《つば》を飛ばして私の名を呼んだ。恥をかかされた怒りと、親より男を選んだ娘に裏切られたショックで、顔が攣《つ》っていた。母親からも悲鳴に近い声が聞こえた。でもここでやめるわけにはいかなかった。向伊に父を侮辱させるわけにはいかなかった。もしそんなことになれば、威厳を保つことで生きてきた父の何かが崩壊するだろう。父のプライドの高さに目をつけられてしまったら、悪夢のような手の込んだ方法を向伊は用意するだろう。必ず。父が侮辱されるのだけは見たくなかった。そのときの自分の気持ちにも向き合いたくないと思ってしまった。

手加減すると見抜かれると思い、私は奥歯を食いしばるようにして父を睨《にら》み、「私をこのまま縛り付けると、ストレスでおかしくなるよ！」とすごんだ。強《こわ》ばったまま私を見上げる父が哀れで、咄嗟《とっさ》に焦点があってないふりをしてしまった。父親が潤《うる》んだ声で「由理、お前……」と呟《つぶや》くのが聞こえて、お父さん分かって下さいお願いだからそれ以上何も言わないで下さい、と心の中で叫びながら、私は口から涎《よだれ》を垂らした。視界の端に向伊の、満足そうな表情が見えた。

　ある日、彼女は家の納屋《なや》で、たまたま一人の男を見つける。まったく知らない男の人。その男の人は肩にひどい傷を負っているみたいで、彼女は家から道具を持ってきて、その傷を治療してやる。裂けていた皮膚がみるみる塞《ふさ》がり、動けるようになった男はお礼に彼女に、心中しよう、と言う。そんなこといきなり言われても彼女は驚くだけだ。

　傷が治った男はそうすれば生の火花が飛び散るから、とまるで見てきたかのように、彼女がその海の中で沈んでいく途中にするであろう、さまざまな素晴らしい経験を教えてくれる。それはただなんとなく生きているだけでは絶対にできない経験で、しかも彼女はそのあと奇跡的に息を吹き返し、助かるという命の保証までしてくれるのだ。

　でもあなたはどうなるの、と彼女が聞くと、僕は死ぬんだけどしょうがない、と言う。彼は自分が死んでもしょうがない人間だとすでに納得しているのだ。彼女はしばらく黙り込んだあと、そう、でもそういうこともあるかもしれないね、と頷《うなず》く。

二人は海に入る。私は助かって、彼は死ぬ。

正式に一年の上京を認めてもらったことを電話で伝えると、向伊はあのときのお父さんの驚きかた最高だったよねぇ、と嬉《うれ》しそうに笑ったけど、私はもう動揺しなかった。彼がなぜこうなのか、考えても無駄だから。自分と違うものを受け入れられるようになったのか、疲れ果てて思考が働かなくなったのかは分からない。

私の機転のお陰で、生活費だけじゃなく、病院代など何かあったときのためのお金まで毎月多めにもらえることになった。いずれ自分にすべて貢《みつ》ぐだろうと思っている向伊の声からは、電波を通しても隠しきれない喜びが伝わってくる。

私は東京行きの新幹線に乗っていた。

これから不動産などの下調べのために三泊ほど向伊の部屋に滞在するのだ。まさか自分が本当にあの家を出る日が来るなんて思ってなかった。子供の頃からずっと自分を縛り付けていたものから逃げられて、嬉しいはずなのに、窓の外の景色を見ていると、コンクリートを流し込まれた洗面器に頭を少しずつ押し付けられていくような気持ちになった。

死ぬのも嫌だけど、こんなふうに「さあ生きろ！」と突然解き放たれたところで、逆に残酷だ。二十三歳で魂が死ぬ準備をずっとし続けてきた。輝きがなくなる瞬間はすでに体験したのと同じくらいイメージした。しがらみさえなければとずっと思い続けていたけど、いま、私は一つのことしか考えていない。家に帰りたい。

本当はどこでも好きなところに逃げればよかった。でも私には鬼になることしか人生の目標がなかった。向伊のところに行くしかなかった。

トンネルを通り抜けていくとき、さらにこれからの恐怖が急激に膨らんできた。鬼になる素質が自分にあるとは思えなかった。向伊が両親をからかって遊んでいる隣で、私が勢いに任せて舌の膨らみを発音せずに済んだのは、奇跡に近い。あのとき、本当は何もかもぶちまけて楽になってしまいたかったのだ。向伊の世界のほころびを見つけるとか、そんなのはもうどうでもよくて、ただ早く楽になりたかった。それを思いとどまったのは、その気持ちを上回るくらい、向伊の反応を知るのが怖かったから。そんなもの一生知らないままでいいと思ってしまったから。私は弱い。弱い。弱い。弱い。何にもなれない。両親に打ち明けて、はっきり目を覚まさせてほしかった。「お前みたいなもんが鬼になんかなれるわけないだろうが！」と叱《しか》り飛ばしてほしかった。

きっと私は東京に行って、自分が思っていたような自分なんかじゃなかったことを思い知らされて帰って来るだろう。熊田の家に戻ったあと、そのことを胸に秘めて何十年も冴《さ》えない生活が続くだろう。

耐えられない。

逃げようと思った。ボストンバッグと駅で買ったおみやげの袋を棚からおろし、膝《ひざ》の上で抱えた。向こうの座席の大学生らしき男の子がこちらを一瞥《いちべつ》したのが分かって、もしかしたら向伊のよこした見張りかもしれないと動けなくなった。考え過ぎだ。あの人がこっちを見たのは、私の体があまりに緊張していたから。大学生に見えたけど、私服のサラリーマンかもしれない。新幹線の中にはいろんな人がいる。普段田舎で車でばかり移動していた自分にとって、それは気持ちの悪いことだった。自分以外の人はどうやってこんな地獄にい続けていられるのか分からなかった。

通路の向こうからカートを押した売り子がやって来て、私は瞬《まばた》きもせずにその女の人の仕草や接客態度を観察した。ビールをサラリーマンに手渡そうとしているこの人がいま、その笑顔や何もかもをすべてかなぐり捨てて「怖い！」と叫んでくれたらいいのに。叫んでくれたら、私だってそれに便乗できる。他の人たちだって、そういうのに乗っかりたくないだろうか。新幹線が東京につくあいだだけでも。それともみんな、私のようにここが怖くないんだろうか。そんなはずはなかった。ここがどうしようもない場所だってことはみんなが気付いてるはずだった。

私は真横をにこやかに通り過ぎた彼女が自動ドアを潜《くぐ》った途端、泣き喚《わめ》きながら、うずくまるところを想像した。自分以外の人間が、全員自分より弱ければまだ救われる気がした。

品川駅で一番大きな改札まで辿《たど》り着いた瞬間、ホームであのまま帰りの新幹線に飛び乗るべきだった、と後悔した。払い戻しできないか確認だけしてみようと握った切符の向こうには、見覚えのある顔が二つ並んでいた。奥出と野村。ごまかそうと切符をじっくり眺めるふりをした私に向かって、髪を振り乱した奥出は鉄柵《てっさく》から身を乗り出すように「熊田さ〜ん。熊田さ〜ん」と大きく手を振って名前を連呼した。

「どうして、なんで、いるんですか？」

近づいて私が尋ねると、奥出は昼間だというのに相変わらず戸惑うほどの興奮状態で、「えー。だって熊田さんが東京に出てくるって聞いたから、それは絶対お祝いしなきゃ駄目じゃないですかー。ムカピーの彼女なんだから、僕らにとっても彼女みたいなもんですよ、あなたは」と捲《まく》し立てた。その隣で、奥出より頭一つぶん以上背の高い野村は何も言わず、私たちを見下ろしているだけだった。鉄柵の向こうから荷物を摑《つか》まれ、驚いて顔を上げると長い腕を伸ばしている野村と目が合った。持ちますよ、と聞き覚えのある少しこもった声で呟かれ、私は「ありがとう」と指を離すしかなかった。なんで向伊に、この新幹線に乗ると教えてしまったんだろう。「おもしろいから待ってみたんですけど出会えてよかったですよ、ほんと。普通、出会えないですよ」と上機嫌の奥出に言われ、この改札を選んでしまった自分が、わざわざ見つかるほうを選んだんじゃないかとさえ考えた。

野村は金持ちのボンボンだった。この九人乗りのワンボックスも親からもらったものだ、と本人ではなく奥出が、私を一番後ろの座席に乗せたあと説明した。それから自分は金がなくていつも人に恵んでもらってると勝手に嘆いて、「熊田さんはちゃんとしたおうちのお嬢さんなんでしょ。えーいいの。ほんとにムカピーなんかと一緒になって」と散々からんだあと、「でもムカピーはいいやつだから。誤解されやすいけど、大事にしてあげてね」と熱心に頭を下げてきた。ビールの缶が足元にいくつも転がって、野村がハンドルを切るたび、床の傾きを調べているみたいに動き続けていた。テレビと小さな冷蔵庫まであった。

「三人とももしかして同じ大学だったんですか」

「えぇ、まあ、そうだったんですけどね。でも僕なんか、二人とは全然違いますよ。二回留年して結局中退しちゃいましたから。でもムカピーとノムノムには輝かしい将来が待ってるんで大丈夫ですよ。僕以外の人はみんな幸せになれるんでね、えぇ、なんの心配もいりませんよ」

「あの、向伊くんは?」

「ああ、向伊くん? 向伊くんはね、いま彼女と別れ話してる最中なんだって。ね、野村くん? 別れてるんだよね? あの女と」

「そうそう」運転席から、野村の声が聞こえた。

「いやあ、でも熊田さん、さすがですよ。向伊くんがあの女と別れるなんてよっぽどのことですから。やっぱりね、それだけ可愛《かわい》いからですよ、熊田さんが。自信持って下さいよ」

私は「その彼女に、怖いお父さんがいるって聞いたんですけど」と奥出を無視した。

「ああ、ヤクザね」

「ヤクザなんですか」

「うーん。だから、もしかしたらそうすんなりは別れられないかもしれないけど、そうなっても見捨てないであげてね、ムカピーのこと。僕らも全然熊田さんのこと応援しますから。そういう大変なことは、みんなでなんとかしていけばいいんですよ。だって熊田さんも頑張れるでしょ、ムカピーのためなら」

　体ごとこちらに振り返って背もたれに顎《あご》を載せて喋《しゃべ》り続ける奥出は、生首のようだった。車の窓にはスモークシートが貼《は》られていて、本当に自分が東京にいて車に乗っているかどうかの実感もなかった。リアリティを持っていたのは、また一年前と同じ、この人たちに弄《もてあそ》ばれるんじゃないかという不安だ。今度こそ私が理性を取り戻せないほどずたずたにされるんじゃないか。奥出や野村のような人間は、セックスなんてどうでもいいのだ。向伊もそうだった。少なくとも私をセックス目当てで騙《だま》したんじゃなかった。金だった。だからこそ私の傷つきは計り知れなかったのだ。せめて体に興味を持ってくれれば、そこからプライドを守ることだってできたかもしれない。でもそうじゃないんだ、こういう人間は。私を犯すより、笑うほうが愉《たの》しいんだ。

まだ夕方前だというのに道路の脇《わき》を歩いている人が多かった。前方にバスがいるせいで車のスピードは遅く、ぞろぞろと連なるその人影を眺めた私は「大学生たち？」と声を漏らした。新しいビールに口をつけていた奥出は、そうですよ、と頭を揺らして頷《うなず》いて、向伊くんが来るまで適当に時間を潰《つぶ》しましょう、と言った。

正門から少し離れたところに野村は車を一旦《いったん》停めて、私たちを下ろした。「じゃあノムノム、あとは任せたよ。僕は熊田さんを退屈させちゃいけないから」とドアを閉めた奥出に、軽く頷いて野村は車を発進させた。不安になって見送っていると、「大丈夫。すぐ戻ってきますよ」と背後から言い捨てて、奥出は歩き始めていた。警戒しながら、私はそのあとについていった。

荷物は車に置いたままでいいと言われたのでバッグは持たず、コートのポケットに突っ込んである財布と携帯を抜き取られないように注意した。顔をマフラーに埋《うず》めて隠しながら、行き交う学生たちのファッションにくまなく視線を走らせて、自分と極端に違う人はいないことに安心した。

そろそろ日が落ちかける敷地内のムードは緩み切っていて、緊張が少しだけほぐれる。奥出の歩き方は左右の足の長さが違うんじゃないかと思うほど、頭がぐらぐら揺れていた。身長も私より小さいことに気付いた。すれ違う中には、私と奥出を振り返って確認までする人もいて、もしかしたら中退になったというこの男は大学でも軽く知られた存在なのかもしれなかった。

たまに目を惹《ひ》くほどかわいい子がいる。その周りにはさりげなく男の学生が集まって、煙草《たばこ》を吸ったりしながら、チラチラその子のほうを盗み見ている。向伊や奥出が通う東京の大学にかなり気後れしていたけど、そこは人を弛緩《しかん》させるガスが地面から一メートルのところで永遠に溜《た》まっているような印象だった。授業が終わった直後なのか、人の塊が吐き出されたみたいに溢《あふ》れた。その波にさからって泳ぐように奥出が両手をポケットへ入れたまま歩きながら、「日本の大学生なんてね、こんなもんですよ。どいつもこいつも。僕はね、日本にも徴兵制度があればいいと思ってるんですよずっと」などと文句を垂れていた。中庭を通って、学生運動のときにここにバリケードが作られたらしいですよ、と本当かどうか分からない説明を受けて大講堂というところを過ぎた。食堂に立ち寄るから休憩でもするのかと思ったら、一周してまたすぐ外に出た。

あの、どこに行くんですか。真新しい建物に入り、地下へ続くエスカレーターに乗ったところで我慢できなくて質問してみた。奥出の足取りがあまりに緩かったからだ。一段低いところからこちらを振り返った奥出は、ツヤのないうねった髪のあいだから目を丸くして、あれ、もしかして熊田さん大学とかって興味なかったですか、と返した。えぇじゃあ東京スカイツリーのほうがよかったの？　ディズニーランドとか？　という言葉で、私はさっきからあてどもなく歩かされている理由が田舎者に対する観光案内だったと分かった。すかさず顔を覗《のぞ》き込むように、奥出が真顔で「え、でも東京の大学って大きいでしょ。びっくりするでしょ。あと愛してたらムカピーがどういうところで勉強してるのか知りたいと思ったんだけど……そういうもんじゃないの？」と訊《き》いてくる。本気なのか、からかわれているのかうやむやになっていくのを感じながら、ああ、これが奥出という男だ、と思い出した。これが手だ。あれだけ警戒していたのに。血が頭から足元に落ちる感覚なのか、エスカレーターが下っていく感覚なのかはっきりしないまま、それでも前を向いていると、奥出の携帯が鳴った。相手はたぶん野村で、うんうんうん、と適当な相槌《あいづち》を打ったあと、後ろを向いた奥出が声を出さずに笑った気がした。

私は何かとの勝負のように前を向き続けていた。必死にうちの犬のことを思い出していた。このあと、自分にどんな惨劇が襲いかかっても、いざというときにはうちの犬と同じ、目ががらんどうになるように練習しておこうと思った。こいつらの大好物は、人の内面がずたずたになるところと、声にならない絶叫だから。

がらんどうの練習をしていると、カシャ、という音がした。いつのまにか奥出が携帯を私に向けていて、熊田さんの無名の頃の写真もらったー、ともう一度シャッターを切った。やっぱり芸能人になる人は違うよねぇ、という声がまるで耳じゃないところから入ってくるみたいに遠く聞こえる。奥出は馬鹿《ばか》のように、ただ見た目の一点で、私をおだて続けるつもりなのだ。私ごときにややこしい手を使うまでもないと思われている。

私の唇は「そんなこと言って。騙されませんよ。奥出さんも向伊くんたちとグラビアの女の子と飲んでるんでしょ？」と動いた。たった一度だけされたグラビアの話題がまだ根深く残っていることに自分でも驚いた。でも「その子たちのほうが可愛いに決まってるじゃないですか」と卑屈にならずにはいられなかった。

「えぇ、そんなこと全然ないよ。熊田さんのほうが可愛いから。どうしたの。不安になったの。まあムカピーがもてるのが嫌だっていうのは分かるけどさぁ」

「もてるんですか、あの人」

「そりゃねぇ、もてはやされますよ。だってほら、顔がいいから」

「奥出さんはもてないんですか」

「僕？　僕なんかの話はしなくていいんですよ。口が腐りますよ」

当然のように自分の話題を切り捨てて、奥出は胸のポケットから煙草を取り出した。ここで待ってればノムノムが来るから、とエスカレーターの脇にあった喫煙スペースで一服し出したあと、今日は何が食べたいですか、と煙を吐きつつ訊かれた。

壁に貼られたサークルイベントのチラシを見つめたまま、私は、飲み会がしたいですね、と言った。グラビアの子たちと、私も飲み会したいなぁ。

事務の仕事をしていてただ一つだけ好きなのは、自分よりもずっと歳上《としうえ》の長距離トラックの運転手たちに、知りもしない地名を告げて「いってらっしゃい」と送り出すことだ。「いってらっしゃい」。うちの会社では必ずこの一声を掛ける決まりになっていて、それは独身者も多い運転手たちに元気を与えるために先代の社長が考えたことらしい。

でも私は本当は彼らに元気をあげるためではなく、彼らを世界に配置するために、声をかけている。彼らがせっせとトラックで各地に運んでいる荷物は冷凍した魚や生臭い海藻なんかではなく、私の溜めに溜めた怒りの感情なのだ。私を無視して回り続ける地球に、ずっとずっと心の中で培養しておいた怒りを少しずつ彼らを介して、空気中に撒布《さんぷ》している。トラック運転手が若い私といやらしい気持ちで嬉《うれ》しそうに喋るときに、口からこっそり細菌として吸わせていたのだ。

私がずっとずっと男に媚《こ》び続けていたのは、体が無意識にそれを行い続けていたからだった。男たちは私の怒りや憎しみを日本中に運んでいることを知らない。でも彼らの中にも同じ気持ちがあるはずで、この細菌のすごいところはそういう部分だ。体の中に入り込んだ菌は少しずつ、その人の心の奥深くで眠る、我慢していることを目覚めさせてしまう。そして静かに育ちながら、私の自尊心が本当に傷つけられたとき、爆発的に体の外側へ飛び出して、トラック運転手たちはあらゆる殺戮《さつりく》を始めてしまうのだ。それは私にも止められないし、地球上の生き物を全滅させるまで終わらない。だから誰も私を傷つけてはいけない。悲しませてはいけない。私をどこにでもいる、ただ生まれて死ぬだけの二十一歳の女の子だと思わせ続けなければいけない。

向伊が遅れて合流したときは、すでに全員の自己紹介が終わろうとしているところだった。雑居ビルの地下にある、流木を使ったテーブルを囲む店。掘りごたつの席で、私を含めて全部で十人ぐらいの男女がいた。

向伊が来た途端、女の子たちが色めき立つのが分かった。体内の女性ホルモンの分泌《ぶんぴつ》が活性化し、いやらしくなるのが分かった。抱かれてもいいです、みたいな視線をあからさまに注いでいる女の子もいた。

この子たちは全員向伊や奥出たちとすでに飲んでいるメンバーだと言うから、実際抱かれている人もいるかもしれない。向伊が廃ホテルで四つん這《ば》いになって服を汚したときのことを思い出して、やはりあれは半笑いで田舎者に付き合っていたんだと胸が一瞬潰れかけそうになったけど、呼吸を深くして持ち直した。女の子たちは確かに可愛いけど、どの子も笑顔と、一瞬見せるそうじゃないときの落差が激しい気がした。目の奥の、さらに奥が、荒《すさ》んでいる気がしてならなかった。

私のことは東京に出てきた高校の同級生、と紹介された。私がそうしてほしいとお願いしたのだ。向伊の彼女がいたらみんな楽しくないだろうから、と説明したら奥出は、そうだねぇそうだよねぇ、としきりに頷いていた。さすが熊田さん、と言われたけど、本当は向伊がどれだけもてはやされるのか、この目で確認したかっただけだった。向伊が「遅かったねー」とか「久しぶりー」などと声を掛けられながら、上着を脱ぐと、一人の女の子がそれをかしずくような手付きで受け取って壁のハンガーに掛けた。気を利《き》かせたのか、野村がグラスを持ったまま、私の隣から移動した。ほっとした。野村が一番何を考えているのか分からなかったから。

「ごめんね、迎えに行けなくて。でも奥出くんたちがいろいろしてくれたでしょ？」

向伊が、私の横の座布団《ざぶとん》に腰を降ろした。再会するのは両親を二人で騙して以来だった。私はいつかの居酒屋のように太ももが出過ぎていることを気にしながら、自分が出せる一番低いかもしれない声で「うん」と返事した。「こっちこそ。いきなり飲み会開いてもらっちゃって」

「ああ、全然いいよ。しょっちゅうだから。楽しんでね」

その態度に胸を掻《か》きむしられた。私を放って東京にさっさと戻ったことに対してはなんの後ろめたさもなさそうで、こんなことなら傲慢《ごうまん》に接してくれたほうがましだった。私と向伊の関係に女の子たちが疑問を持つのが分かったので、さりげなく体を離した。向伊の彼女になったことを自慢したくてたまらない女もいるだろうけど、私は違う。そんなふうに堕《お》ちたくなかった。

大皿のサラダに箸《はし》を伸ばした女の子たちの胸の谷間が、流木のテーブルの向こうでさっきより深くなっていた。ぎょっとしていると逆隣にいた男の子が苦笑いしながら、小さな声で「ね、みんな必死でしょ?」と私に囁《ささや》いた。さっき散々、向伊の悪巧みがどれだけ痺《しび》れるか力説していた男の子だった。

この人の話によれば、大学では向伊の周りに取り巻きが出来ていて、女の子たちも〈あの向伊と飲んだ〉と自慢したさに集まってくるらしかった。確かに今日も突然の誘いなのに、奥出は苦もなくこれだけの人数を集めたのだ。悪巧みの内容は詳しく訊く気もしなかったが、たぶん緩んで退屈しきった人間に刺激を提供するのがうまいんだろう、と思った。

　初めて見たときにも感じた。向伊には魅力がある。それは、人に興味を持たれ続けた人間にしか出せない何かだ。人に憧《あこが》れられ続けた人間の何か。どうしようもなく億劫《おっくう》そうで、それなのに存在感は一人だけ凹凸があって、この人の近くにいれば、自分の価値まで上がるような、そんな錯覚を起こさせる人間。キレイゴトをすべて嘲笑《あざわら》うこの人の悪さを認められれば、自分のセンスが証明できるような。そういう人はたまにいる。生きてるだけで周りのリトマス試験紙になってしまう存在。奥出もそこそこの線までいっているけど、劣等感の塊であることが出過ぎているせいで及ばなかった。向伊は違った。

「だから、ねぇ？　今日のこの飲み会は熊田さんが絶対って言うから開催されたんだよねえ？」

　私と会う前から飲み続けていたかもしれない奥出が、いまにも肘《ひじ》ごとテーブルから落ちていきそうな危うい体勢で、顎《あご》をしゃくった。その場の話題が自分のことになっていて、体がまたエスカレーターを下りている感覚を思い出した。

　え、それで今日いきなり私たちが呼び出されたの？　急にだったから何があったのかと思ったぁ。まあまあいいじゃないの、どうせ暇でしょ君たち。暇じゃないよ、私明日撮影あるんだから。ああ、そうだったの。でもどうせクズみたいな雑誌でしょ。クズってひどいよー。いや、君たちに一回ちゃんと言おうと思ってたんだけどね、世の中あんまり舐《な》めないほうがいいですよ。ちゃんと自分の顔、見てみなよ。ブスだよ、君たちは。その胸だって全員騙《だま》してんでしょ。

奥出はそう言って、一番近くにいた女の子の胸を揉《も》んだ。あまりに退屈そうな手付きだったので、私は見てはいけないものを見ている気分になったけど、女の子たちは誰一人怒りもせずに笑っていた。奥出がさらに胸元をはだけさせようと、服を引っ張った。嫌だぁと身をよじったその子は、嫌じゃねえよ、と奥出に言われ、少しだけ笑顔が引き攣《つ》ったあと、チューブトップを自ら一瞬だけ降ろして下着を見せた。女の子たちはまたきゃあきゃあ騒いだ。私は顔をそむければ意味が出てしまう気がして、誰とも目があわないように祈りながら、懸命に気配を消した。この子たちがみんなどうして向伊に、女、女どもと呼ばれているのか分かった気がした。自分だって今度から呼んでしまうかもしれない、あの女、女ども、と。ここに呼ばれた全員がその他大勢だった。

私が男に笑っている姿もああいうふうに見えていたんだろうか。でも私は細菌を吸わせている。向伊がちゃんと私を見抜こうとすれば、それくらい見抜けるはずだった。田舎の同級生という先入観が、彼の目を濁らせているとしか思えなかった。

盛り上がりにまぎれて、ようやく顔を伏せることのできた私はテーブルの流木の表面に視線を這わせ続けた。その筋をずっと追いかけていけば、私の目がジッパーの役割をして、向伊の世界が本当の中身をこぼれさせるのだ。追いかけていた筋が渦になって中心で消えて、向伊のほころびはこれなんじゃないか、と思った。向伊を取り巻く世界のぬるさ。出会った日、完璧《かんぺき》に思えたけど、違った。こんなものにまとわりつかれていたなんて。大学で感じた、地面から一メートルのところで永遠に溜まっているガスが、いつのまにかこの場所にもあることに気付いて、こんな世界を少しでも羨《うらや》ましいと思った自分が信じられなかった。何一つ、思い通りになっているなんて感じられなかった。

「彼女と別れ話してきたんだけど、」

向伊が耳元で囁いた。自分の考えていたことが見透かされたんじゃないかと顔が強《こわ》ばりかけたあと、私は、うん、と返事した。奥出が女の子たちに文句をつけている隙《すき》を見計らうように、向伊の顔がさらに近づいた。この男の頭皮の匂《にお》いの記憶が、鼻先に柔らかく広がった。自分とこの人がそこまで違うとは思えなかった。同じだろう。本当は何も違わない。向伊もそれを知っていて私に近づいたのかもしれない。自分とこんなに同じ人間には初めて会ったから。

「向こうが冷静に話を聞いてくれないから、少し時間を置くことになった。前も言ったと思うけど、彼女には事故のことで面倒みるって約束してて……いずれは絶対に別れるし、はっきりさせるつもりだけど、熊田さんのことはしばらくバレないほうがいいと思うんだよね。下手にデートしてるところとか見られたら、彼女のお父さんが出てくるし……そうなったらほんと厄介なことになるんだよね。……ほんとごめんね、熊田さん、もう少しだけ付き合ってること、誰にも言わないでくれる？」

気づくと、私は心の中で、あはははははは、と笑っていた。それから、一体どこまで自分は舐められているんだろう、と思った。どこまでどうでもいい存在なんだろう。原と別れさせて、家族を裏切らせて、東京まで金を持って来させたくせに、この男は私のことを仲間に隠すつもりなのだ。なんでも言うことを聞く家政婦か金づるにするつもりなのだ。

見抜くチャンスはいくらでもあったのに。

私はいい。私は。でもいま、トラックの長距離運転手たちに小さな異変が始まった。それは止められなかった。

別れ話ってほんとにしてきたの？　私が訊くと、向伊は少し戸惑った表情で体を離して、え、なんでそんなこと言うの、と聞き返した。もしかして俺のこと疑ってる？　そこまでわざわざ言葉にしないところが、向伊らしかった。

「ううん、疑ってるわけじゃない」

私は目だけで向伊の気持ちを読み取って言った。

「疑うとかじゃなくて確信してるんだけど……いい加減そんなつまらない嘘《うそ》、向伊くんの口から聞きたくないなあと思って。つまらないよね、さっきからすごく。もっとできるはずだよ、向伊くんなんだし」

私の様子を察したらしい野村が、訝《いぶか》しそうにしている女の子たちにも聞こえる声の大きさで、ごめん、俺がさっきすごい飲ませちゃったんだよね、熊田さんお酒全然駄目らしいんだよね、と対応を始めた。彼らの連係に感心しつつ、私はお酒飲んでないです、これもウーロン茶です、と半分まで減ったグラスを持ち上げてみせた。これ以上どうでもいい嘘を吐《つ》かないでほしかった。あなたたちは本物なんだから。

奥出と野村と向伊、三人が目配せしあった。私のことを向伊の正式な彼女になれなくてヤケになり始めた女だと思っている。今度こそ舌を膨らませて、何もかもぶちまけられそうだった。両親の前で動かなくなった舌をいまこの瞬間もう一度上げれば、この人たちのいる世界のほころびを、ここに引きずり出すことができそうだった。最初の一文字は〈ぬ〉だ。次は〈る〉だ。あとは〈い〉。そこまでいけば、もう何もかも言葉にすることができるだろう。うまくいけば向伊だけじゃなく、この場にいる全員を侮辱することができるかもしれない。私には、体の膨らんだトラック運転手たちがそれぞれの鍵《かぎ》を手にして立ち上がる場面が見えた。

野村が、ちょっと熊田さん今日はもう帰ったほうがいいかもしれない、と掘りごたつから腰を上げた。女たちが、そいつよく分かんないんだけど誰なの、と騒ぎ出した。

あなたたちはそんな口を利かないほうがいい、と思った。私に気に入られれば助けてあげるかもしれない。運転手に見逃してもらえるかもしれない。あなたたちは私と同じだから。向伊に人間とも思われていないから。

　気づくと、野村の大きな手が迫っていた。わずかのところで上半身を捻《ねじ》ってよけた私は、駄目だよそんなことして細菌をこれ以上目覚めさせてしまっていいの、と叫びそうになった。私自身いつでも鬼になれるのに、力を使いたくなかった。空気を絶対に吸ってはいけないと両手で口を塞《ふさ》いだ。いつのまにか後ろに回り込んでいた奥出が私を掘りごたつから引きずり出して、はがいじめにした。どうしてそんなに口を押さえてるの熊田さん。細菌を吸わせないように私は体を揺すって、激しく首を振った。だってあなたたちみたいな人間がこの世に必要ってことも分かってるから。できるなら仲良くしたい、でもそれには条件があって、私を無視しないこと。私をもうこれ以上辛《つら》い目にあわせないこと。

　奥出と野村は手遅れだった。私の息をたっぷり吸い込んでしまったから。

「熊田さん」

　手を放されて寝転がっている私を向伊が見下ろした。向伊に嘘を吐いてほしい。神経をすり減らした嘘を吐けば、助けてあげる。私は頬の筋肉を持ち上げて微笑《ほほえ》んだ。思いが通じて、

「熊田さん、」

と、向伊がもう一度私の名前を呼んだ。

それで、そこから私の耳は聞こえなくなった。向伊は何かを言っているのに口をぱくぱくさせているだけで、初めはからかわれていると思ったけど、そうじゃなかった。さっきまで流れていた店内の音楽も、女の子たちが口々に叫んでいた悲鳴や私への罵《のの》りも、みんなどこかへ消えていた。私はストレスを受けすぎると一時的に耳が聞こえなくなる病気があると知っていたので、ぎりぎり取り乱さずには済んだ。でも私が向伊や奥出たちからそこまでストレスを与えられていたと知られるのがどうしても嫌で、すべてが聞こえているふりをした。本当は自分の呼吸音しか聞こえなかった。

向伊は私の上半身をゆっくり起こして、何かを語りかけていた。唇の動きを一生懸命読んで内容を摑《つか》もうとしたのに、いつのまにか私は全然違うことを考えていた。想像の中で、向伊はこう言っていた。〈熊田さん、これは全部テストだった。僕は本当はこんなの嫌だったんだけど、熊田さんがそこらの人間じゃないってことをどうしても証明しなくちゃいけなかったから、どうしようもなかったんだよね。いつ

ばれるだろうってずっとひやひやしてた〉

〈見抜かなきゃいけないテストだったってこと？〉

〈違う。そもそもこれを見抜いた人間なんていないし、ここまで辿《たど》り着いた人もいない。僕と奥出と野村は、ずっと自分よりすごい人を、〉

向伊が私の頰を叩《たた》いて、笑い声が起きた。頭がぼんやりしている私が声にならない声で、何、と唇を動かすと、起きて下さいよー、とまた頰を打たれた。大丈夫、あの女とはちゃんと別れるから、と向伊は私をいきなり激しく抱きしめて言った。そしてその場の全員に聞こえる声で囁いた。

「熊田さんのこと、みんなに彼女だって紹介するのが恥ずかしいわけじゃないんですよ、全然」

一瞬の間があって、奥出が噴き出した。それから野村もうずくまるようにして笑い出した。女どもも。他の男も。私だけが一人、何を笑い転げられているのか分からないまま、向伊に抱きしめられていた。何、と聞いても誰も答えてくれなかった。ねぇ何、と繰り返したけど、そもそも私の声は誰にも聞こえていなかった。みんな地上一メートルのガスに侵されてしまったのかもしれない。私だけはずっと息を止めていたから。運転手たちが私のためにトラックで街に繰り出し、もうすぐ殺戮《さつりく》を始めてしまうことを伝えようか、伝えまいか迷って結局私は言わなかった。

「熊田さんは、オーラありますよ」

向伊が言い放った。私の体はきれいなものを戻すみたいに座布団《ざぶとん》へ押し返された。

「どうやったらそんなオーラ、出せるんですか」

私が黙ったまま立ち上がると、ストッキングがまっすぐ裂けていて、奥出に指を差されて笑われた。なんなの、なんであなたはいつも、とにかく足出してるの？

私は深く息を吸おうとした。でももう体には少しの酸素も入ってこなかった。こうじゃない、と私は呟《つぶや》いた。また奥出が何か言って床ごと揺するような爆笑が起きたので、トラックの振動かもしれないとしばらく耳をすませた。よく分からなかったから階段を上がって店を出た。扉を押して地上に出ても、まだなんの殺戮も始まっていなくて、私は首を傾《かし》げた。歩いていくと路地裏にビールケースを見つけたので、その中から一本をなんとなく手に取った。

掌《てのひら》にしっくり馴染《なじ》んだ冷たい空き瓶を、私はいつも一人でなんの目的もなく練習していた暴力みたいに、コンクリートの壁に叩き付けた。破片が飛び散って、私の心にまで刺さっていくみたいだった。分かってる。鬼も、傷が治る男の人も、トラック運転手も、どこにもいないってこと。分かってる。分かってる。そんなこと、もうずっと前から。

本当は男たち三人の頭をこんなふうに割りたかった。私がずっと、いつか誰かを殺してしまうかもしれないときのために取っておいた力で。私は自分で歩いてトラックを探すことにした。鍵がついたままの無人の長距離トラックが街のどこかにあるような気がしてしょうがなかった。でも本当は、そんな方法で誰かに振り向いてほしいわけじゃなかった。こんな怖い方法じゃ、私のこと誰も好きにならない。私は無視されたくなかっただけ。私が必死で生きているところを馬鹿《ばか》にするのは、もうやめてと叫びたかっただけだった。鬼も、傷が治る男の人も、トラック運転手もいなかったら、私はとっくに死んでるか、誰かを殺してる。だって自分を無視できる存在なんてどうやって許したらいいの？　自分がただ生きて、ただ死んでいく悲しみを、私は一人で受け止められない。駐車場の向こうにトラックが見えた気がして、早足になった。私は生きようとしているだけだ。

こないだ、本を一冊買ってみた。たまたまテレビで「下手くその天才」とその画家のことが紹介されていたのだ。ジャングルの奥地のようなところで笛を吹く真っ黒な裸の女の人の表紙が気になって、全然知らなかったけど、作者が笑いものだったというから買ってみた。その表紙の画は、蛇使いの女という題名だった。

画集にはその作者の独特な作風と、印象派について詳しく触れられていたけど、私の中に入って、出て行かなかったのは、こういう部分だ。

画家が一八八五年に公的な展覧会に出品したとき、世間の人々はそのたどたどしさに涙を流さんばかりに笑い転げたものだった。まことしやかに彼を担《かつ》ごうとする人間も現れたが、自分の運命を恨んでいた画家は、この世に対する望みをすべて絵画で埋め合わせしようとした。たとえ人からあざ笑われようとも、自分を無名の存在から救い出してくれるなら、どんな状況でも利用して、自らピエロになろうとさえした……云々《うんぬん》。

東京にそのまま残ろうと思ったのは、自分でもまったく予想しなかった反応が、私の心と体に訪れたせいだった。私は元気になった。元気になったというより、あれだけ侮辱されてもう立ち直れないだろうと思えた出来事だったのに、気付くと忘れていて、あの笑い声が自分に傷一つ残せていなかったのだと知ったから。そのことを思い出すたび、私は道行く誰かを摑まえて教えてあげたくなる。笑われるのはそれほどのことじゃない、むしろ慣れてしまえば病み付きになってしまうんだ、と。分からなかったとしたら、それはあなたがまだ経験してないからだ。段々と、笑われているくせに生きている自分に、人間は不思議な愛《いと》おしさを感じるようになる。自分の存在に張りが出る。あの画家とまではいかなくても、それを利用していいんじゃないかという気にさえなってくる。いまも一人だし、この先も誰かと繫《つな》がれる気はしないけど、私はそう思う。

私は二十二歳になった。

前ほどじゃないけど、まだ目の前は拓《ひら》けてる。

家には戻らない。

まだ拓けてる。

私は二十三歳になった。

いまでもたまに、いろんなことを思い出す。

向伊たちのこと。

東京にいたときのこと。

自分の手を思いきり伸ばして、最後の一息をするみたいに地上へ浮上しかけたときのこと。

何かを摑みかけたときのこと。


私は二十四歳になった。

解　説

吉　田　大　八

事の次第はこうだ。２０１３年1月、下北沢で観た芝居の客席で劇団、本谷有希子のプロデューサーと偶然会った。終演後、挨拶して帰ろうとしたら突然「9月に演劇やりませんか」と背中から撃たれた、抵抗する間もなく。こういう話って、こんな簡単に、思いつきで始まってしまうものなのだろうか？　だとしたら、だとしなかったとしても、まったく素晴らしいことだ。素晴らしすぎて逆らえるわけがない。その時うんとは言わなかったと思う。無理だ、と反射的に返事したのは心の底から本音だったけど、やらないとは言えなかった。絶対無理だけどやりたい、きっとやってしまうだろうと思った。

プロデューサーと新宿の喫茶店で打ち合わせた。本谷有希子が以前演出した戯曲を提案されたけれど、読む前から多分それはないという予感がした。なぜならそこには本谷有希子が一度出した答えがあって、最悪の場合でもそれに頼ればなんとかゴールできてしまう。「怖いからって浮き輪つけて飛び込むなんてカッコ悪い」「中学生じゃあるまいしカッコいい悪いで大事なこと決めてる場合かバカ」「それなら最初から足が届くプールでいいだろこの臆病者」なんて自問自答しつつ、海へ行くことだけ決めて一度解散。

海へ誘われたのが嬉しかっただけで、泳ぎたかったわけじゃない。つまり、演劇というかたちで表現したい何かが自分の中にあったのかどうか、正直怪しい。それくらいの自覚はあった。だからこそ向こう岸にたどり着けなかったとしても、珍しい溺れっぷりくらい見せなくては失礼だろう、誰に？　観客に、本谷有希子に、そして誰より自分に。埒《らち》もないことを考えているうちに必然として「ぬるい毒」が浮上した。

雑誌新潮に掲載された時すぐ読んでいた。それまでの本谷有希子のどの小説とも違っていたのは、弱火でずっと沸騰している感覚。ぶっ飛んだ設定や展開ではなく、ひたすら言葉を辛抱強く織り重ねていくことで世界を立ち上げようとする、鈍くて重い意志。演劇の回路を通さず、初めて小説とダイレクトに向き合ったと思わせる初々《ういうい》しさも含め、自分の立場から言わせてもらえば、間違っても映画にしようとは思えないような「しんどい」小説、そこが最大の魅力だった。だからこそそれを自分で脚色して演出する倒錯に酔っているうちにうまく溺れてしまえばむしろ好都合、という計算は働いていたかもしれない。

しかし実際に脚本の作業を始めてみると、そんな中学レベルのカッコつけなど全く無意味とすぐに思い知らされる。読んだつもり、だったのに読めてない。読めたつもりがまたいつのまにか自分の中から手応えの記憶が消えてしまう。「ぬるい毒」の粒子が細かすぎて、入れ物から少しずつ漏れてカラになる、そんな感じ。誤読はいつもなら上手く利用して脚色のエンジンにしてしまうのだけど、燃料が無ければ動かしようもない。手持ちのフィルターの目が粗すぎた。

まあそれ以前に、演劇というアウェイ環境への弱気とか遠慮とかは当然あったと思う。それはまず、圧倒的なボリュームの熊田のモノローグをどう扱うか、という問題として。

映像ならクローズアップ、ナレーションも含めていくつかやり方があるのだろうが、演劇にそのまま使える手口とはあまり思えず、やや途方に暮れて読み直す目に射した一行の光明、

想像よりもずっと、魅力の塊のような男だった。

ある男（向伊）の魅力を表現するのに「魅力の塊」って……何も描写せず、比喩も文学的修辞も使わず、かと言って開き直りであるはずもない。そこに感じられるのは、作者が熊田を通じて向伊を見つめる眼差しのどうしようもない切実さだけだ。

この一行をきっかけとして、「ぬるい毒」すべての文章にみなぎる「こう書くしかなかった」という切迫感を味方につければいい、ことに気付いた。つまり、文章をそのまま観客に読ませてしまえばいい、舞台上で。もちろん僕も開き直ったわけでは全くなくて、向伊に立ち向かうため一度向伊にすべてをゆだねた熊田に倣《なら》ったのだ。演劇的であるかどうか、は多分自己満足の問題だから、むしろ「ぬるい毒」そのものに忠誠を誓うべきなのだろう。

立ち向かうと言えば、熊田が向伊に抱いていた感情を、恋愛と呼んでもいいのかと質問したところ本谷有希子は即座に否定した。これは生き残りを賭けた闘いで最終的には向伊と刺し違えてその王座を奪うつもりなのだ、と言った。熊田は向伊に認められたいと願い、実際に認められ、その上で最後は向伊の裏をかいて大逆転を企《たくら》む。

もちろん、原作者はあくまでも執筆当時の意図を説明しただけで、こちらの解釈には最大限の自由を保障してくれた。で、僕はどうしてもそういう話としては読めなかった、いや読まなかった。熊田がどれだけ否定しても、彼女が向伊自身を求める強い気持ちが溢れているとしか。じゃあ、**もし熊田が向伊に恋していないとしたら、本谷有希子が向伊に恋しているということでいいですか？**　これはさすがに怒られそうだったので本人には確認しなかったが、最終的にはもうどっちでも同じ、くらいの勢いで押し切るつもりだった。僕は熊田になって、本谷有希子の代わりに向伊との「恋」の行く末を見届ける。そんな「ぬるい毒」があったっていいんだ、結果として舞台がそうなったかどうかは別として、これくらい無茶な誤読を拠《よ》りどころにしないとスタートラインにさえ立てない、と思い詰めた時期もあったということ。

自分に魅力があると確信している人間だと直感した。

勝手に女性ホルモンを出すんじゃない、あばずれ。

一度目は声で私を捉《とら》えた。二度目は言葉。三度目は肉体なのかもしれなかった。

これまでの彼女の小説といちばん違うのは、読者を物語と同じ地獄へと引きずり込む容赦無さ、安全地帯から主人公のジタバタを笑うことを許さない強烈な引力。そこで呼び起こされる不安定な気分を、もしかしたらあまり好まなかった読者もいたのだろうか？

でも、「その先」へ行くためなら徹底した自己解体や更新を全く恐れない種類の人たち、例えばジョンライドンにフラワーズオブロマンスが、ＰＴアンダーソンにゼアウィルビーブラッドがあったように、本谷有希子にはぬるい毒がある。そして当たり前のように、もう彼女も「その先」へと旅立ってしまったのだ。

向伊は悪魔かもしれないし、単に無邪気な男の子だっただけかもしれない。熊田は東京で破滅したのかもしれないし、そもそも上京自体していないのかもしれない。ぜんぶ熊田の妄想だったのかもしれない、始めから終わりまで。答えのない、可能性の隙間に読者を宙吊りにするこの絶妙なバランス。本谷有希子はこの奇跡の綱渡りをどうやって最後まで転落することなくゴールできたのか。やり方教えてほしい、もしまだ覚えてたら。

（二〇一四年一月、映画監督・演出家）

この作品は二〇一一年六月新潮社から刊行された。

ぬるい毒《どく》

新潮文庫　も－35－3

平成二十六年三月一日発行
令和二年三月二十日四刷

著者　本谷《もとや》有希子《ゆきこ》

発行者　佐藤隆信

発行所　株式会社新潮社

郵便番号　一六二－八七一一
東京都新宿区矢来町七一
電話　編集部(〇三)三二六六－五四四〇
　　　読者係(〇三)三二六六－五一一一
http://www.shinchosha.co.jp

価格はカバーに表示してあります。

印刷・大日本印刷株式会社　製本・株式会社植木製本所

ISBN978-4-10-137173-3 C0193